JN156133

# 臨時受付嬢の恋愛事情 2

*Yukino & Kazushi*

永久めぐる

*Meguru Towa*

EB

エタニティ文庫

Eternity

# 目次

# 臨時受付嬢の恋愛事情 2

# 1

――の？　雪乃《ゆきの》？

心地よい声が私の名前を呼んでいる。

誰だろう？　と夢うつつで考えていたら、耳元で「雪乃！」と強く呼ばれ、慌てて飛び起きた。

「へっ？　……あ、あれ？」

「ずいぶん気持ちよさそうに寝てたね。今日は朝早かったし、少し疲れた？」

「え？　和司《かずし》さん、その格好どうしたんですか!?」

いつも下ろしている髪は綺麗になでつけられていて、普段よりも数段落ち着いた印象の彼が、ソファに座っている私の顔を覗き込んでいる。

その爽やかな笑顔に思わず見惚《みと》れた。さらに着ている服も普通じゃない。まるで結婚式で新郎が着るような……

「どうしたって言われても……雪乃、もしかして寝ぼけてる？　今日は俺たちの結婚式だろ」

え？

え？

「結婚式……？」

私がぼけっとしていると、彼は思いっきり噴き出し、声をあげて笑った。

「緊張してかちかちになってるかと思ったのに、意外と豪胆《ごうたん》だね。まさか式直前に、しっかり居眠りしてるなんて思ってもみなかったよ」

ああ。そうか。

そうなんだ。

私、結婚するんだ……

自分の姿を改めて見下ろして納得した。

レースが幾重にも重なり、パールがちりばめられた純白のドレスと、肘《ひじ》を覆《おお》うロンググローブ。

これ以上ないほど素敵なウェディングドレスを着ている。

そして近くのテーブルには、白百合をメインにした華やかなブーケ。

状況を把握すると同時に、眠りこけていた自分が恥ずかしくて顔が赤くなった。

「私ったら……！　ごめんなさい」

いつものクセで両手を頬《ほほ》にあてようとして、慌てて下ろした。

不用意に触っちゃダメ！　手袋がファンデーションで汚れちゃう。

「気にしない。俺も少し緊張してたみたいだ。笑ったら肩の力が抜けたよ。ありがとう」

そう言いながら私の両手を握る。彼の手の温《ぬく》もりは手袋越しでも感じられた。

私は視線を逸《そ》らすことなく彼の目を見つめながら思う。

これからはずっとこの人と二人、一緒に生きていくんだ。ああ、何て幸せなんだろう。

「——綺麗《かが》だよ、雪乃」

身を屈めた彼の口からため息のようなささやきがこぼれる。次の瞬間彼の唇が頬に軽く触れた。くすぐったさに首をすくめながら、これ以上ないくらい満ち足りた気持ちに包まれて泣きそうになる。

「ほら、泣かないの」

優しい声が涙ぐみそうになった私をたしなめ、もう一度暖かい唇が頬をかすめた。

そんなふうに優しくされたら、もっと泣きたくなっちゃう。

やめてほしいと思ったけれど、その温もりが心地よくて、私は何も言わずに彼のキスを受ける。

「——そろそろ時間だ。先に式場で待ってる。早くおいで、雪乃。俺のところへ」

最後に額にキスを落として、彼は控室を出て行った。

彼と入れ替わりにやって来た介添えのスタッフさんから、そろそろ時間だと告げられた。

先導してくれる彼女に付いて進み、途中で父と合流する。お互いに緊張をほぐそうと軽口を叩き合いながら歩いているうちに、あっという間に扉の前にたどり着いた。

私は父の腕をしっかりと取って、深呼吸を一つ。

この扉の向こうはバージンロード。その先で彼が待っている。

スタッフさんがゆっくりと目の前の大きな扉を開ける。

木製の重厚なそれは軋《きし》みもせず、滑《なめ》らかに開いていく。

赤い道の先の祭壇の少し手前。ステンドグラスから降り注ぐ光の中、背筋を凛《りん》と伸ばした彼が、私を見ていた。

パイプオルガンの清浄な調べが流れる中、私は父と一緒に一歩を踏み出した。彼に向かって――

「雪乃！　雪乃!!　そろそろ起きなさーい！　待ち合わせに遅刻しても知らないわよー？」

バタン！　と乱暴にドアが開いて、母が呆れたような声で急《せ》かしている。一瞬何が起こったのかわからなくて、反射的に飛び起きた。それからゆっくりと思考をめぐらせる。

彼と結婚式を挙げるというあれは……

「夢か……」

がっかり。

「なにぶつぶつ言ってるの？　早く朝ご飯食べちゃいなさい」

「はーい」

母に返事をしながら私はベッドから下りた。

ぼーっとしながら身支度を整えていると、さっきの夢がふいに頭の中をよぎって頬《ほほ》が熱くなる。これから和司さんと会うのに、しかも（私のじゃないけれど）ウェディングドレスを見に行くのに、何であんな夢見ちゃったかなぁ。いや、今日の予定があったからこそ見ちゃったんだろうけど……。顔を合わせにくいというか、妙に意識しちゃいそうで困る。

昨夜のうちに今日はこれを着ようと決めていたワンピースに着替えながら軽く首を振って、いたたまれない気持ちを追い出そうと試みる。

——すぐには無理だ。けど、とにかく考えないようにしていれば、落ち着くかもしれない。

「とりあえず朝ごはん、だよね！」

わざと独り言を口にして、私は自分の部屋を出た。ドアを閉めるときにちらりと見えた窓の向こうには、白い雲が浮かんだ夏らしい青い空が広がっている。今日も暑くなりそうだ。

## 2

待ち合わせ場所の駅前広場には、夏の日差しが燦々《さんさん》と降り注いでいた。

当然のことだけど、暑い！

でも、今の私はそんな暑さも吹き飛ぶくらい、そわそわしている。どうにも落ち着くことができなくて、また服装チェックをする。これで何度目になるだろう。

この前、彼が似合うと褒《ほ》めてくれた淡いブルーの小花柄のワンピース。梅雨《つゆ》明け宣言が出た日、店頭で一目ぼれした大きめなリボンがついたミュール。バッグはミュールと同じベージュ色。……たぶんおかしいところはない、はず。

周りには、私と同じようにそわそわした、人待ち顔の女の子も多い。流れる汗を拭《ぬぐ》ったり、扇子《せんす》であおいだり、していることはみんなバラバラ。

でも、待つのも楽しいって顔をしていることは共通している。

きっと私も彼女たちと同じような顔をしているんだろう。そう思うと、自然と笑みがこぼれた。

しかし！　やっぱり！　暑い！

到着して数分しか経っていないのに、首筋から一筋、汗が流れ落ちた。

むず痒《がゆ》い感触が嫌ですぐにハンカチで拭《ぬぐ》う。

「早く着いたら近くで涼んでいて」と言っていた和司さんの言葉に甘えて、近くの喫茶店にでも入っちゃおうかな？

そう思って周りをきょろきょろ見回していたら……

「先に着いたらどこか店に入って涼んでいるように、って言ったろ？」

突然、背後から耳元でささやかれた。

「ひゃっ!?」

耳を押さえて思わず飛び退こうとしたけれど、周りにはたくさん人がいる。いきなり飛び上がったりしたらうしろの人に迷惑だ。慌てて止めようとしたらバランスを崩してしまった。

「――っと！　危なっかしいなぁ、雪乃は」

とっさに私の体を引き戻してくれる強い腕。そして、私の背後にいた人に代わりに謝ってくれる涼やかでよく通る声。

「和司さん」

そこには私の待ち合わせ相手、館花《たちばな》和司さんが立っていた。道行く人が思わず振り向くほど端整な顔立ちで魅力的な彼が、からかい交じりの微笑を浮かべて私を見下ろしている。

彼は会社の先輩で、月並みな言い方をすれば、私の「彼」だ。

容姿端麗で仕事の能力も超一流、そして人望も厚い。

そんな完璧な彼が、どうして平凡な私――佐々木《ささき》雪乃と付き合うことになったのか。

それは、病欠した社員の代わりに私が臨時で受付を担当したことがきっかけ。持ち前のドジっぷりを発揮して、お客様の前で盛大に転ぶわ、スカートは破くわ……の大失態を演じてしまった私を救ってくれたのが、和司さんだ。

付き合いはじめた時期については見解の相違があって、彼と私では若干《じゃっかん》異なるけれど、約三か月のお付き合いになる。

「お待たせ。暑かったでしょ？　まだ時間もあるし、どこかで涼んでいこうか」

爽やかな微笑みと共に差し出された手を、思わずじっと見つめてしまった。

この手を初めて取ったのは、春とは名ばかりのまだ寒い頃。

社内の有名人で将来を嘱望《しょくぼう》されている和司さんと私とでは不釣り合い。

そう思っていたから、最初の頃は彼の気持ちが信じられなくて、逃げ回ってばかりだった。

不釣り合いだと思っていたのは私だけじゃない。同じように思う彼に心を寄せる女性から、嫌がらせを受けたりもした。

でも、じっと待ってくれた和司さんや応援してくれた友人たちのおかげで、私は差し伸べられた彼の手を取ることができた。

そうして、気が付けば季節が一つ過ぎていた。ずっとずっと遠いと思っていた人が、今では一番近くにいる。あの頃のように戸惑うことも躊躇《ちゅうちょ》することもない。

「あれ？　雪乃？　どうしたの？　手、繋ぐの嫌だった？　やっぱり暑苦しいかなぁ」

困ったような声が聞こえて我に返った。

私の方に差し出したまま、宙ぶらりんになっている手を持て余した彼が、戸惑い顔をしている。

「違います！　――大きい手だなぁって思って」

誤魔化し半分、本気半分で彼の手を掴んだ。自分の手のひらと、彼の手のひらを合わせて大きさを比べてみる。

「ほら！」

まるで大人と子どもの手のように違う。これだけ大きさが違うと、やっぱり色々と感覚って違うんだろうか？　そんなことが面白くて、手首側を合わせてみたり指先を合わせてみたりして遊んでいたんだけど、いつも饒舌《じょうぜつ》な和司さんがやけに静かなことにふと気付いた。

不思議に思って見上げると、なぜか彼は口元を手で覆《おお》ってそっぽを向いている。

あれ？　彼の中で何が起きてるんでしょうか？

「和司さん？」

どうしました？　と続けようとしたのに――

「――そろそろ行くよ」

和司さんは強引に私の手を掴み、ぐいぐい引っ張って歩き出した。

私はなかば引きずられるように付いて行く。

「わっ!?　何ですか、和司さん！　和司さんってばー！」

「何でもないって！」

えーと。これはもしかして、和司さん、照れてる？　なんで？

手を引っ張られながら「珍しいこともあるなぁ」なんてにやにや笑っていると、横目でぎろりと睨《にら》まれたので、慌ててそっぽを向いて誤魔化した。

和司さんの選んだお店はそこそこ混雑していたけれど、でも、不快ってほどじゃなかった。

慌てて選んだとはいえ、そこは何といっても目の肥えた和司さんのことですから。私好みのお店でした！

和司さんはアイスコーヒーを、私はアイスジャスミンティーにドライフルーツがいっぱい練り込んであるパウンドケーキ。

パウンドケーキ、美味しそうだと思ったけど我慢するつもりだったの、本当はね。でもね！

「遠慮しないで食べなよ。食べないで後悔するより、食べて後悔する方がよくない？」

っていう和司さんの悪魔のささやきに負けた。完敗、でした。

まぁ、ケーキはとても美味しかったので、結果的には誘惑に負けてよかったかなって思っているけれど。

「今日は付き合わせちゃって悪いね。断ってくれてもよかったのに」

どことなく不満そうなその声に、私はケーキの載ったお皿から顔を上げた。

向かい側に座った和司さんは、頬杖《ほおづえ》をついてゆるく姿勢を崩しながら唇を尖《とが》らせている。

「俺は雪乃と二人っきりでデートの方がよかったんだけどね。まったく兄貴にも困ったもんだよ。俺たちの邪魔でもしたいのか？」

和司さんのお兄さんは館花政義《まさよし》さんという方で、和司さんと私が勤務する会社の親会社である『フォアフロント・コーポレーション』の専務だ。

社長であるお父様と、会長であるお祖父様のサポート役を務めているらしい。

先日、うちの会社に視察にいらした際は、私がアシスタントを仰せつかった。仕事に真摯《しんし》な方で、私も厳しく指導していただいた。

外見や言動から誤解されがちな方だけれど、本当は面倒見がよくて優しい。

館花専務は、私の憧れの先輩であり友達でもある加瀬《かせ》ひとみさんの婚約者だったりする。館花専務と加瀬さんが付き合っているって聞いたときは驚いた。けれど彼と一緒に仕事をするうちに、加瀬さんが専務を選び、専務もまた加瀬さんを選んだことにものすごく納得した。

二人はとても強い人たちだ。そしてお互いを信頼していることが、傍《はた》から見ていてもよくわかる。

きっと自分の背中を預けるならこの人って思ってるんだろうな。

そんな関係が羨《うらや》ましくて、私もいつか和司さんとあんな風になれたらいいなって思っている。

和司さんは専務のことになると途端に辛口になる。

現に今だって私の目の前で眉をひそめながらアイスコーヒーを飲んでいる。でも本当は、その不機嫌さは仲がいいことの裏返しで、単なる照れ隠し。

それがわかってるから私は気にならないけど、知らない人から見たら、兄弟仲が悪そうに見えるんじゃないかな？　なんて、つい余計な心配をしてしまう。

「私はすっごく楽しみにしてたんですけど……」

「いや、俺だって嫌じゃないんだよ。ただ兄貴と一緒っていうのがなぁ。ひとみさんだけ来ればいいのに」

　和司さんが小さい声でぶつぶつと呟《つぶや》いている。

　いやいや、それは無理でしょ！　心の中で盛大に突っ込みを入れつつ、私は苦笑した。

「和司さん、さすがにそれは……」

「わかってるって」

　今日は加瀬さんのウェディングドレスを選ぶ日で、私たちはそのお供をさせてもらうことになっている。そろそろ決めなければいけない時期なんだそうだ。

　そんな大切なときに専務が来ないなんてありえない。館花専務って一見「仕事が一番大事」って人に見えるけど、実はかなり「加瀬さんが一番大事」な人だったりするから。

　というわけで、いくら和司さんが「来るな」と言ってもそれは無理な相談だし、そもそもおまけなのは私たちの方だ。

「政義さんと二人で選びに行っても味気ないじゃない！　雪乃ちゃんも来てよ！」

　という加瀬さんの一言が発端だ。

で、「雪乃が行くなら俺も行く！」と和司さんが言い出して、結局今日は四人で加瀬さんの友達が経営するブライダルサロンにお邪魔することになった。

だから、本当はさっき和司さんが口にした「兄貴にも困ったもんだ」云々《うんぬん》は、ただの言いがかり。専務を相手にするときの和司さんは、意地っ張りの子どもみたいだ。

ゴールデンウィークを使って、両家に挨拶に行くと言っていた館花専務と加瀬さんは、その後とんとん拍子に話が進んで、今年の秋に結婚式を挙げることになった。

準備期間は半年。じっくりタイプの専務にしては、ちょっと性急だと思う。和司さんにこっそりそう漏らすと、「ああ見えて兄貴もせっかちなんだよ。プライベートではね」と笑っていた。

兄貴「も」という彼の言葉に、笑いを堪《こら》えられずに噴き出した。二人の似た者兄弟ぶりは薄々感じていて、やけに納得してしまった。

他愛もないおしゃべりをして涼んでいるうちに、館花専務と加瀬さんとの待ち合わせの時間が迫って来ていた。

「そろそろ待ち合わせの時間じゃないですか？」

「ん？　ああ本当だ。じゃあ、そろそろ行こうか」

時計を確認した和司さんが立ち上がり、私もそれにならって席を立った。

外に出た途端に息苦しいくらいの熱気と湿気が襲ってきて、冷房で冷えたはずの全身に汗が滲《にじ》んだ。二人との合流場所はブライダルサロンの前。ここから五分ほど歩いた場所だ。

加瀬さんはゴージャスな雰囲気の美女だから、きっとどんな難しいデザインのドレスでも華麗に着こなしちゃうだろう。そんな彼女のウェディングドレスを選ぶ過程を見られるなんて、すごくわくわくする。

「和司さん、急ぎましょ！」

早く行きたくなった私は、和司さんを急《せ》かした。

「楽しそうだね、雪乃。じゃあ君の仰せのままに急ごうか」

和司さんは、私の手を掴むと足早に歩き出した。形勢逆転。私が彼の後を慌てて追う形だ。

「わ!?」

慌てる私の耳に、彼の楽しそうな笑い声が聞こえてきた。

白、白、白。

白で統一された店内には、たくさんの白いドレスと小物たち。

すべて白なのに、どれ一つとして同じじゃない。黄色がかった白、青みがかった白、ピンクがかった白に、きらきらと虹色に光る白……

眺めているだけで幸せな気持ちになるドレスたち。窓から入る日の光と柔らかい色の照明が、それらを一層際立たせている。

でも、一番に私の目を惹きつけているのは、上品で洗練された店内の様子じゃない。目の前にいる加瀬さんだ。

「すっごい、綺麗……」

うっとりを通り越して呆《ほう》けたように呟《つぶや》いた。今日の私は、こんな言葉を幾度となくこぼしている。

「そう？　ありがとう」

にっこり笑った彼女の魅力に、頬《ほほ》が熱くなった。私でもくらっと来たんだもの。婚約者の専務はさぞかし……と思って、彼の方をちらっと盗み見ると、なぜかものすごく不機嫌そうな顔で腕組みをしている。

あれ？　っと思ったけど、専務の隣に並んで座っていた和司さんがにやにや笑いながら専務の方を見ているので、何となく察しがついた。

――あの不機嫌そうな顔は、専務の照れ隠しなんだ。

同意を求めるように加瀬さんを見ると、彼女はいたずらっぽく肩をすくめた。

私の思ったことはやっぱり正解だったみたい。

「で、雪乃ちゃん。これどう思う？　さっき試着したマーメイドラインの方がいいかしら？」

いま彼女が試着しているドレスは、Ａラインのシンプルなドレスだ。体をくるりと一回転。風をはらんで、ドレスの裾《すそ》がふわりと広がる。その軽やかさに目が惹きつけられた。ウェディングドレスって幸せの象徴って言うけど、本当にその通りだなぁって、しみじみと感じる。

今は夏の盛りだけど、加瀬さんがウェディングドレスを着るのは秋の日差しの下だ。優しい秋晴れの空の下、いつも通りの表情を崩さない専務（でもちょっと照れくさそうな雰囲気が見え隠れしてて）、そして陽の光も、色付く木々もかすむくらいまばゆい加瀬さん。

教会の階段をゆっくり下りて来て、大勢の参列者がフラワーシャワーかライスシャワーを――そんな想像をめぐらせていたらうっかり返事を忘れてしまった。

「雪乃ちゃん？　どうしたの？」

黙り込んだ私の顔を、加瀬さんが不思議そうに覗き込む。

間近で見られて慌てて我に返る。空想の世界に浸ってたのを誤魔化すように「何でもない」と首を横に振った後、正直な感想を口にした。

「さっきのも、こっちのも似合いすぎて」

正直なところ、どっちがいいかなんて、選べない。マーメイドの前に試着したプリンセスラインだって似合ってたし。

ああ、でも。加瀬さんの優雅さを際立たせるなら、やっぱりマーメイドな気がする。

さっき彼女がそれを身に着けて更衣室から出て来たときの、目の覚めるような感覚を思い出した。

もちろん今試着しているドレスも素敵だけれど、何となく、ほんの少しだけどインパクトに欠ける。

「さっきの、あのマーメイドドレスのデザインをベースにして、細かいところを変えるのってできますよね？」

形は加瀬さんにぴったりだったんだけど、細かいパーツが彼女のイメージじゃないなって感じがした。そこをもうちょっと大人っぽいものに変えたらぴったりなんじゃないかな。

「できるわよ。オーダーメイドのつもりだし」

そう。彼女の希望は既製品でも、セミオーダーでもなく、フルオーダー。

それはあらかじめ決めていたらしいんだけど　どんなドレスがいいか具体的なイメージは全然固めていなかったんだそうだ。

そういうわけで、イメージを固めるためにお店にあるドレスをあれこれ試着させてもらっている。

「形はマーメイドがいいなぁって、私も思ってたのよね。決めちゃおうかしら。——ねえ、ちょっといい？」

加瀬さんは、少し離れたところに控えていた女性に声をかけた。

「なぁに、ひとみ」

くだけた調子で返事をした彼女は、このお店の店長兼デザイナーさんで、加瀬さんの学生時代からのお友達だそうだ。

加瀬さんが結婚するときは彼女がウェディングドレスを作る。昔、そんな約束をしたんだって。

二人の姿を眺めながら、私は小さく感嘆のため息をついた。友情っていいなぁ。

「形はさっきのマーメイドを基本にしたいんだけど」

店長さんは自信に満ちた顔でにこりと笑った。

「わかったわ。じゃあ、詳しいことはあちらで相談しましょうか？」

彼女は窓際の方を示した。

そこには大きめのテーブルが置かれている。たぶん打ち合わせ用だろう。資料や素材のサンプルをたくさん載せられるように、とても広い。でも、それだけ大きいのに、全然お店の雰囲気を損なっていない。

「じゃあ、このドレス脱いでくるから、雪乃ちゃんは先に座ってて」

さらりと言われて軽く返事をしそうになっちゃったけど、でも、それってどうなの!?

「――あの、私がそこまで参加してしまっていいんですか？」

恐る恐る尋ねると、加瀬さんは心配ないと笑い飛ばした。

「いいに決まってるじゃない！　こういうのは女同士でワイワイ言いながら決める方が楽しいわ」

気さくすぎる加瀬さんの言葉に不安になり、私は男性陣――館花専務と和司さんの方を見た。

「私はそういう事に疎《うと》いんでな。代わりによろしく頼む」

専務はお手上げだとでも言いたげに片手を上げて、苦笑いを浮かべる。

そう言われてしまうと断るのも申し訳ない気がしてくる。

それに正直言って、加瀬さんのドレスを一緒に選べるのは嬉しい。

だけど本当に、私が出しゃばったりしていいのだろうか。

「兄貴が行くより雪乃が行った方が、ひとみさんの役に立てるんじゃない？　素敵なドレスを作って、兄貴をびっくりさせてやってよ」

和司さんが茶化しながら背中を押してくれる。私はそれに甘えることにした。

加瀬さんが着替えている間、私は案内された窓際のテーブルで、ぼんやりと外を見ていた。街路樹が緑の葉を茂らせている。こうして空調のよく効いた店内にいれば快適だけれど、外を行き交う人々は暑さに辟易《へきえき》した顔をしている。

さっき外を歩いていた私たちも、あんな顔をしてたんだろうか。

店長さんは色々な素材のサンプルを集めている最中。少し離れたソファでは館花兄弟が何か話をしている。二人の表情はリラックスしているものの、どこか真剣な雰囲気もあった。

きっと、仕事関係の話でもしているんだろう。

なら、邪魔しては悪いよね。私はまた窓の外に視線を戻した。

テーブルの上に置かれたアイスティーの氷が、からんと涼しげな音を立てた。

添えられていたストローで軽くつつくと、また涼しげな音が立つ。けれど、自然に崩れたときのような透明感がない。

暇にまかせて、どうやったら綺麗な音がでるのか、なんて子供じみた挑戦をしていると、加瀬さんと店長さんがほぼ同時にやって来た。

「ひと雨来そうね」

と言いながら、加瀬さんが私の隣の椅子に腰を下ろした。

「そうねぇ」

ため息交じりに、店長さんが加瀬さんの真向かいの席につく。

二人の会話につられて見上げた空には、ついさっきまではなかった暗雲が、すごい勢いで広がり始めていた。

加瀬さんと店長さんと私の三人で話し合いつつ、デザインや素材を一つひとつ決めていく作業は楽しくて、心が弾んだ。

大体のことが決まって、後は引き取りや支払いなどの事務的なことを残すばかりになったところで、私は席を外した。私の座っていた席には館花専務が座り、私と和司さんは店内を見て回ろうと、一階に下りることにした。

一階には既製のドレスや小物が置いてあって、上の階に比べれば気軽に立ち寄れる雰囲気がある。

先ほどから降り始めた雨のせいか、店内は思いのほか混雑していたけれど、だからと言って不快に思うほどでもなかった。

マネキンが身につけている豪華なドレスやベール。品良くディスプレイされている小物たち。そしてたくさんのドレスがところ狭しとハンガーに吊るされている。

素敵なものばかりでどこから見て回ろうか迷ってしまった。助けを求めるように和司さんを見上げると、彼は「雪乃の好きに見て回っていいよ」と笑う。

それなら一番手近なところから順に見て回ろうかな。特に必要なものがあるわけじゃないしね。

ブライダル用品が必要になるのは……と、そこまで考えたとき、例の朝の夢が脳裏にぽん！　と音を立てて蘇《よみがえ》ってきた。夢の中の、フロックコートを着た和司さん、格好よかったな……じゃなくて！

「どうしたの、雪乃？　急に黙り込んじゃって……疲れた？」

不思議そうに顔を覗き込まれると、なおさら動揺してしまう。

「いや、そういうわけじゃないんです。ちょっと考えごとしちゃって」

あははと笑って誤魔化した。いつの間にか止まっていた足を動かして、一番目立つ場所に展示されているドレスの前に立つ。

「うわぁ」

感嘆の声が口をついて出た。そのドレスが、思わずため息が出るくらいに綺麗で、可愛らしかったから。

Aラインのそのドレスは、雪のように白い生地の上に生成色《きなりいろ》の繊細なレースを重ねて縫製《ほうせい》されていた。さらにその上から銀糸で刺繍《ししゅう》が施《ほどこ》されて、パールが縫い付けられている。

袖は長袖で、その部分だけはレース生地のみで作られていて、カフス部分にはパールのボタンが並んでいる。ウエストで切り替えられたスカートには、上半身と同じレースの生地が幾重にも重ねられ、うしろ側が長く裾《すそ》を引く形になっている。

クラシカルで柔らかな印象の素敵なデザインだ。

夢に出てきたドレスと少し似ている。あっちは確かノースリーブだったけど。

いいなぁ。いつかこんなドレス着てみたい……

「雪乃、それ着てみたら？」

頭の中で空想に浸っていたら、いきなりそう言われて我に返った。

というよりも、飛び上がったと言った方が正しいかもしれない。

え!?　えええええー!!　え、こ、これを!?　私が試着するの!?　無理無理無理無理ー!!

着てみたくないわけじゃない。むしろ着てみたい。けど、でも、物のついでみたいな感覚では着たくないな。

考え方が固いって笑われちゃうかもしれないけど、ウェディングドレスを試着するのは、結婚が決まったときにしたい。

断ったら残念そうな顔をされたけれど、それ以上は勧められなかったからほっとした。

そのドレスの横に並んでいたフロックコートが格好よくて、和司さんによく似合いそうだった。本当は着てみてほしかったんだけど、自分も試着を断った手前「あれ、着てみてください！」とは言い出せなかった。頭の中でフロックコートを着た和司さんを想像するだけにとどめた。

加瀬さんたちと別れて、和司さんと連れ立って街を歩く。この後の予定は特に決めていなくて、私たちは何となく最寄り駅方面に向かっていた。

通り雨が過ぎても、結局全然涼しくならなかった。むしろ湿気が増した分、息苦しさがひどくなった感じさえする。

でも、千切れた黒雲の間から広がる夕陽は悪くない。街並みを、輝くような金色に染めている。

つま先のあいたミュールで来たことを後悔しつつ、夕陽を受けて金色に光る水たまりを避けて歩く。

「仕上がりが楽しみですね！」

さっきの打ち合わせの興奮が尾を引いていて、私の気分はまだまだ高揚中。

少しうしろを歩いている和司さんを振り返って笑いかけた。

「ああ」

和司さんが穏やかな笑顔でうなずく。

「雪乃は……」

そう言ったきり、彼は何かを逡巡《しゅんじゅん》するように目線を横に逸《そ》らし、「やっぱり何でもない」と口をつぐんだ。

言葉を途中で濁《にご》されることほど気になることはない。

「すごく気になるんですけど！」

「大したことじゃないよ。それより、これからどうする？」

はぐらかされた感、満載だ。けど、和司さんはこうと決めたらなかなか撤回しないし。こんなところで言い合っても仕方ないよね。

彼が大したことじゃないと言うなら、そうなんだろう。そういうことにしておこう。

「何をするにも中途半端な時間ですよね……」

明日は月曜日で会社があるけれど、だからって日が落ちないうちに帰宅するなんて、早すぎる。

なので、このまま帰るのは却下。夕ご飯……にも、ちょっと早い。

考え込む私の頭に、和司さんがぽんと手を乗せた。

「このあたりは滅多に来ないし、散策してみようか？　気になる店があったらそこでお茶でもしよう」

「はい！」

「じゃあ、決まり」

和司さんがすっと手を伸ばす。私はその手を何の躊躇《ためら》いもなく握った。今度は和司さんが私を引っ張るように、ちょっとだけ先を歩く。肩越しに見える横顔。見ていると、心が落ち着く。

やっぱりこの角度から見る彼の顔が好きだな。

「どうしたの？」

前を向く彼の顔をじっと見つめてたら、悪戯《いたずら》っぽくそう尋ねられた。ばれてたみたい。視界の端に私の姿も入ってたのかな。

「な、何でもないです！　それより、ですね。あの、早く行きましょう！」

早くも何も、特にあてもなく散策するだけなのにね。自分自身に突っ込みを入れたくなるくらい見え見えの誤魔化しに、和司さんは眉をあげて「了解」と笑う。

視線を前方に戻した途端、彼が小さくため息をついた気配がした。それは本当にかすかなため息で、もしかしたら私の気のせいだったんじゃないかって思った。けれど、そっと見上げた和司さんの横顔は、どことなく迷うような色を滲《にじ》ませていて、それがやけに気になった。

◆　◆　◆

雪乃とひとみさんがドレス選びを始めると、兄貴と俺は本格的に蚊帳《かや》の外になった。店員にすすめられた席に並んで座り、供されたアイスコーヒーを遠慮なく飲む。

さっき喫茶店で涼んできたばかりだ。しかし、そのときに摂取した水分など、炎天下を歩くうちに汗になって消えた。

グラスの三分の二を飲んで、やっとひと心地ついた俺は、テーブルにグラスを戻した。

「なぁ、兄貴。任せっぱなしでいいのか？」

「門外漢《もんがいかん》が口を出しても、邪魔なだけだろうが」

呆れたような答えが返ってきた。

「まぁ、それもそうか」

背もたれに体を預けてのんびりと店内を見渡した。雪乃たちは少し離れたところで何やらおしゃべりをしている。内容までは聞こえてこないが、雪乃が楽しそうに微笑んでいる様子が見える。

「華やかでいいなぁ、ああいうの」

「おい和司、イヤらしい目つきになってるぞ」

間違っても男兄弟じゃ、あんな風にふわふわキラキラなんてしない。むさ苦しいだけだ。

「――ふざけんな。どっちがだよ、どっちが」

むっつり顔で内心にやけてるあんたには言われたくないね。

チラリと横目で見て鼻で笑うと、余裕の笑みを返されてますます癪《しゃく》にさわる。

これ以上何を言ってても余計からかわれるだけだ。面白くない。

「ところで兄貴、最近そっちの会社はどう？」

「ん？　ああ。あまり変わりはないな」

「順調ってことか？」

「まぁそういうことだ」

それきり話が続かず、沈黙に包まれる。いつもはそのまま黙っていることが多いが、何やら居心地悪そうな気配が漂ってきた。

不思議なこともあるものだ。兄貴は膝の上で組んだ自分の手をじっと見つめている。

居心地が悪そうというよりも、何かを躊躇《ためら》っているように見える。普段から仏頂面の不愛想で感情を読み取りにくいが、俺だって腐っても家族だ。そのあたりを見間違うことはない。

何かあったのか？

しかし、兄貴が順調と言ったら順調なはずだ。多少の雑事が起こったとしても、それは兄貴の手の内で何とかなるレベルのものだったり、もうすでに手を打ち終えて結果待ちだったりするのだ。

少し水を向けてみようかと思った矢先、兄貴が口を開いた。

「そろそろ親会社《こちら》に戻ってくる気はないか？」

兄貴はここと違う場所を見るような目で遠くを見ている。

「私は頃合いだと思っているんだがな」

俺自身、それを考えないこともなかった。黙り込んだ俺に対して、穏やかな口調で兄貴はさらに続ける。

「お前の考えを聞きたいんだが、どうだ？」

「俺は……父さんたちを手伝えたらいいと思ってる。それは昔から変わらない。だけど、迷ってるんだ。そっちに戻って、俺にできることはあるのかって」

「それは、戻る気はないということか？」

兄貴の問いに俺は曖昧《あいまい》にうなずいた。『フォアフロント・コーポレーション』を離れてもうずいぶん経っている。

当初思っていたよりも、ブランクは大きい。少なくとも俺はそう思っている。

「なら俺の下につかないか？　技術にも営業にも明るい補佐がほしいんだ」

「はっ!?」

思わず頓狂《とんきょう》な声が口をついた。まさかそんな展開になるとは思ってなかった。

「何だ、不満か？」

「い、いや、そういうわけじゃ、ない……」

不満どころか、むしろそうなれたらいいのにと思っていた。

だが、それを誰かに話したことなどないので、いきなり切り出されて驚いただけだ。

「なら考えておいてくれ。早めに返事をもらえればありがたいが、まぁ、よく彼女とも相談するといい」

「わかった」

すぐに諾《だく》と答えるべきだと頭ではわかっている。なのに、言えなかったことに自己嫌悪を覚えた。答えを躊躇《ためら》った理由は一つ。

目が雪乃を追った。彼女は窓際の大きなテーブルに一人ぽつんと座り、頬杖《ほおづえ》をつきながら所在なさげにグラスの氷をストローでかき混ぜている。

俺の視線に気づいた彼女が小さく手を振りながら笑いかけてきたので、同じ仕草で応えた。

そう。俺は彼女と離れるのが嫌なんだ。ただそれだけで、進むことを迷うなんてな。

俺はどれだけ大人げないんだか。

小さなため息をつくと、それが聞こえたのか、隣の兄貴がぽつりと呟《つぶや》いた。

「心は理屈で割り切れるものじゃない。気にするな」

まるで俺の心を見透かしたかのような慰《なぐさ》めの言葉を口にした。

まさか、この堅物《かたぶつ》の兄貴もそう感じるときがあるのか……？

意外に思って隣を覗き込むと、冷たい目がぎろりと俺を睨《にら》んでくる。図星のようだ。

折しも、ひとみさんが雪乃のもとに戻り、ふたたび華やかな会話が始まったところだった。

からかわれることに慣れてない兄貴を怒らせると、後々厄介だ。それ以上追及するのは諦めて、俺は窓の外を眺めることにする。

少しあたりが暗くなったと思ったら、いつの間にか空は不穏な黒雲に覆《おお》われていた。ひと雨来そうだと思う間もなく、雷鳴が轟《とどろ》き、店内のあちこちから小さな悲鳴があがった。

窓際のテーブルにいた雪乃たちも驚いた顔をしていたが、どうやら雪乃もひとみさんも、ひとみさんの友人だというこの店の店長も、パニックを起こすほど雷が苦手というわけではないらしい。

しばらく窓の外を眺めながら何かを話していたが、また元のようにドレスの相談へ戻っていた。

「雷、平気なんだね」

兄貴に話しかけたが、どうやら意味が通じなかったらしい。最初は何を言ってるんだという顔をして、それから俺の視線の先を見て「ああ」とうなずいた。

「いいことじゃないか。雷のたびに騒がれてもかなわんからな」

そんな憎まれ口が戻って来たが、どうせひとみさんが雷が苦手だったら、それはそれで「普段気丈なのに、雷が苦手なんて可愛いじゃないか」ぐらいは思ったりするんだろう。

それから兄貴とひとしきり他愛ない雑談をしているうち、ようやく相談がまとまったらしい女性陣に呼ばれた。兄貴と俺は彼女たちに合流すべく中身のあまりない話を打ち切った。

兄貴たちが予算や納期などの打ち合わせをしている間、俺たちは店内を見て回ることにした。

ドレスの展示フロアに向かうと予想以上の混雑具合に驚く。ひしめき合っているというわけではないが、様々なカップルで賑わっていた。

突然の豪雨に遭遇し、雨宿りも兼ねて入店した人が多いということか。

レジ横や店の片隅に置いてあるパンフレットを手に取り、熱心に読んでいるカップルも少なくない。

店員たちは笑顔も柔らかい物腰も崩さず、だが忙しそうに動き回っている。

雨に見舞われたのが発端で結婚を意識し出すカップルがいないとも限らないよなぁ。

豪雨というのは厄介なばかりでなく、意外なところで意外な効果をもたらすのかもしれない。

そんなことをつらつらと考えながら、俺は楽しそうにドレスや小物を眺める雪乃から目を離せないでいた。何かに気を取られて転ぶんじゃないかと心配だから……というだけじゃない。

目を輝かせながらドレスや小物を眺める彼女が、いつも以上に可愛らしく見えたからだ。

この感情が、店の華やかな雰囲気と周りの人々が生み出す妙に熱っぽい空気にあてられたせいだというのなら、それはそれで構わない。幸せそうに笑う彼女を眺めることが、俺の幸せなんだ。

ふらりふらりと歩き回っていた雪乃が次に足を止めたのは、フロアで一番目立つ場所に飾られたウェディングドレスの前だった。

呆然という言葉が一番相応《ふさわ》しい顔で、無機質なマネキンがまとうドレスを見上げている。笑うこともはしゃぐことも忘れている。今までとはまったく違った反応を見せていた。

きっとこのドレスは彼女の好みのど真ん中なんだろう。

清楚さをまったく失うことなく、豪華さを備えたドレスだった。雪乃にきっとよく似合う。

新緑の中、このドレスを着て微笑む彼女――そんな光景が脳裏に浮かんだ。

それが空想でもなんでもなく、現実のことになればいいのに。

「そのドレス、気に入ったの？」

「はい。綺麗ですよねぇ」

ドレスから視線を外すことなく、彼女はため息交じりにうなずいた。

「着てみたら？」

「えっ⁉　い、いや、いいです。試着なんてそんなっ！　汚したり破いたりしたらどうするんですか⁉」

あまりの慌てっぷりに、俺の方が驚いた。なぜ、そこまで動揺するんだ⁉

このドレスを着た彼女をちょっと見てみたい。そんな軽い提案だったのに、雪乃は赤くなった頬《ほほ》を両手で覆《おお》いながら、目を泳がせている。

「試着できるか聞いてみて、可能なら着てみればいい。試着してる人結構いるよ？」

苦笑いをしながら告げると、雪乃は困ったような顔をした。

「でも、冷やかしで試着してみるなんて、ウェディングドレスに失礼な気がしません？」

ドレスに失礼⁉　なんだそれ？　ドレスは確かに特別なものではあるけれど、それでも物だろう⁉

目を丸くする俺を見て、彼女は不思議そうにしているが、そういう顔をしたいのは俺の方だ。

「そんなものなの？」

改めて尋ねてみると、彼女は少し首をかしげて、それから小さくうなずいた。

「私の場合は」と前置きをして理由を話す。

「ウェディングドレスはやっぱり花嫁さんのものだと思うんです。たとえ試着でも、そういう予定がないのに着るのは、気が引けるかなって」

花嫁のもの……か。

彼女に自覚はないんだろうけれど、俺にとってその言葉はとても残酷に響いた。俺との結婚なんてまったく考えていない――そう言われているような気がしたからだ。

彼女の言葉は言い知れぬ感情を俺の中に巻き起こした。

それは、兄貴たちと別れて二人きりの時間を楽しんでいる間も、雪乃と別れてからも、心の片隅に小さな棘《とげ》のように引っかかったままだった。

それどころか一人になってみると、そのときに生まれた得体のしれない気持ちは不安や焦りに変わっていった。

兄貴から話のあった『フォアフロント・コーポレーション』へ戻る話と相まって、考えれば考えるほど、「このままでいいのか？」という気持ちが湧き上がってくる。

戻ったら、今までのように彼女と頻繁に会うことはできなくなる。それこそ何日も何週間も会えない日々が続くかもしれない。

今のままの関係で、そんな遠距離恋愛のような状態を続けて大丈夫だろうか。

雪乃を信頼していないわけじゃない。だが、人の心は移ろいやすいものだ。恋心なんてものは特に……。

彼女との約束がほしい。そう、絆《きずな》にすることができるぐらいの約束が。

# 3

和司さんの迷いの原因は、その後しばらくして判明した。

『話があるから、仕事が終わったら会いたい』

という簡素なメールを受け取ったのは、週もなかばの朝の通勤電車の中だった。あと数十分で会社に着くんだし、そのとき直接言ってくれればいいのに。と思ったら、今日は親会社の方に直行するんだって。ああ。だからか。

だけど、一つの疑問が解消されたら、もう一つ新しい疑問が湧いてきた。

話って何だろう？　わざわざ言うくらいだから、きっと何か大事なことだよね？　よいことなのか悪いことなのか。よいことならいいなあ……

私は携帯をぎゅっと握りしめた。早く夜になればいいのに。一日は始まったばっかりだけど。

結局、最初に約束した時間には間に合わないと彼から連絡があり、待ち合わせは一時間ずれた。

私は、書店と雑貨屋さんで時間をつぶして待ち合わせ場所のダイニング・カフェに向かった。

平日は『リフージョ』で。それが私たちの定番になっている。雰囲気がよくて、会社から近くて、お値段も手頃だから……という理由もあるけれど、オーナーの館花俊一《しゅんいち》さんが和司さんの従兄《いとこ》だというのも大きい。

俊一さんには男兄弟がいなかったこともあって、年下の和司さんを実の弟のように思っているみたい。一人暮らしの和司さんの食事情が気になって仕方ないらしい。

ほら、和司さんは料理方面、壊滅的だから。

和司さんと俊一さんの会話はそばで聞いていると微笑ましい。館花専務との会話も面白いんだけど、和司さんは専務相手だと遠慮がなさすぎる。その点、俊一さんだと頭が上がらない感じが見え隠れしてて、和司さんを可愛いなぁと思ったりもする。本人に言ったら拗《す》ねるだろうし、手痛い逆襲がありそうなので言わないけど。

オーナーの従弟《いとこ》で昔からの常連の和司さんのことは、従業員のみなさんもよく知ってる。そしてその付属品の私の顔も覚えてもらっている。テーブルのそばを通りかかるたび、みなさんさりげなく気遣ってくれ、逆に申し訳ない気持ちになってしまう。

手持ち無沙汰《ぶさた》に見えないように、本の一つも持ってくればよかったかな。

ここに来る前にせっかく書店にも立ち寄ったのに。

手元の時計も、携帯画面の時計も、すでに待ち合わせ時間を十分ほど過ぎた時刻を指している。

彼からの連絡はまだない。あと二十分待っても現れないようなら、こちらから電話をしてみよう。

そう決めて、携帯をテーブルの目立たない位置にそっと置いた。

つい数か月前までは何の飾りもなかった携帯に、今は三つのストラップが付いている。和司さんと旅行したときに見つけた紅い手毬《てまり》と、水族館へ行ったときに記念だからと和司さんが買ってくれたイルカと、「雪乃そっくりだったから！」と爆笑しながら手渡してくれた出張のお土産《みやげ》の白ウサギ。

くたっとしたボディと、とぼけた顔のそのウサギが、私と似てるかどうかはともかくとして。触り心地がいいので気に入ってる。お腹《なか》の部分が携帯クリーナーになってるのも心憎い。

暇になるとついついそのウサギを触ったり、ついたりしてしまうので、うっすらと汚れてきている。そろそろ洗わないとね。

和司さんを待つ時間は嫌いじゃない。むしろ好きだったりする。

待ち合わせ時間が近付くと、期待と不安でそわそわと落ち着かない気持ちになる。

和司さんと出会わなければ、きっと知ることのなかった感覚だと思うと、不安さえ嬉しい。

だから、待つ時間をほかのことで潰してしまうのは、少し勿体《もったい》ない気がする。

かといって、一時間もお店のテーブルを占拠するわけにはいかないので、寄り道をして時間を合わせてきたんだけど。

窓の外の空は、夕暮れの青からどんどん色を変えて、もうすっかり夜の藍色《あいいろ》になっていた。ガラス窓は鏡のようになって店内の様子が映る。

あちこちで繰り広げられる和《なご》やかな談笑。皿とカトラリーがぶつかる小さな音。その合間を流れる穏やかな旋律。

店内を漂う美味しそうな匂いにつられて、お腹がきゅるっと鳴った。

だ、誰にも聞かれてないよね!?

慌てて、だけどさりげなくお腹を押さえつつ、あたりを見回す。

誰も近くにいな……いた!!

私のすぐうしろに和司さんが立っている。

いつの間に!?　今の音、聞こえたかな？

いや、何も言わないけど、この表情は聞こえましたって言ってるのと同じだ。

恥ずかしさで頬《ほほ》が熱くなる。

もう少し店内が騒々しかったらよかったのに！　なんて八つ当たりをしたくなってとし

まう。

「先に何か食べてよかったのに」

何事もなかったかのように私の向かいに座りつつ、和司さんは呆れたような、困ったようなため息をついた。

そこに咎《とが》めるような色が混じっているのは、私の気のせいじゃない。

遅くなるときはいつも気を使ってそう言ってくれるんだけど、私は今まで一度もその言葉に従ったことはない。待てないほどお腹《なか》が空くなんて滅多にないから。

——今日はちょっと美味しい匂いの誘惑に負けそうで危なかっただけ。

「一人で食べるより、和司さんと食べた方が楽しいし、美味しいですからっ」

お腹の鳴る音を聞かれたのが恥ずかしくて、ついぶっきらぼうに言い放つ。

ちょっと言い方がきつかったかなと反省したけれど、彼は意外な反応をした。

「え?」

「え?」

思わず私も聞き返してしまった。なんでそんなに驚いてるの!?

「あ、いや、珍しく雪乃が素直というかなんというか……」

口元を押さえながら、和司さんはあらぬ方向に視線を向けている。

「私、いつもそんなに意地張ってます?」

「そうじゃなくて。いつも雪乃は俺のことを優先しようとするし……っていうか、そういうことでもなくて！　ええっと」

こんな風に赤くなったり、歯切れが悪かったりする彼の方がよっぽど珍しいと思うんだけど。

「佐々木さんはこいつを動揺させるのがお上手だ」

低い声が、私たちのちぐはぐな会話の間に落ちてきた。

「俊兄！」

和司さんがその声を遮《さえぎ》るように、声の主の名前を呼ぶ。

その慌てっぷりがおかしいのか、俊一さんは小さく声を立てて笑った。

さっきこの席に私を案内してくれたのも俊一さんだ。そのときも少しお話しさせてもらったんだけど、すぐに店員さんが彼を呼びに来て、その後は姿を見かけていなかった。

「あ、あの、さっきはありがとうございました」

「いいえ。こちらこそ慌ただしくて失礼しました」

丁寧にそう返されて、私も再度頭を下げた。

「いいえ、お忙しいのにお引きとめしてしまって……」

「ちょっと雪乃。なに普通に話してんの！　俊兄、盗み聞きすんなよ！」

不機嫌そうな和司さんの声が割って入ってきた。

けれど俊一さんは、そんな和司さんの様子などどこ吹く風といった涼しい顔で笑っている。

「人聞きの悪いことを言うな。お前の顔を見たら、声なんて聞こえなくてもわかるさ」

人を食ったような答えに、和司さんがぐっと黙る。

「あんまり彼女を待たせるなよ。嫌われても知らないからな」

いや、そんなことで嫌ったりしませんが！　反論しようかなとも思ったけど、冗談に対して真面目に返すのも野暮《やぼ》ったい気がして黙っていた。

軽口を切り上げた俊一さんは、オーダーを取ると席を離れていった。

オーダーといっても「いつも通りお任せで」なんだけどね。

「遅れてごめん」

俊一さんの背を眺めていたら、和司さんがいきなりそう切り出した。

「気にしないでください」

本当に待つのは苦じゃないし、「やっぱり今日は行けない」って連絡が入るよりずっといいし、少しの時間でも会えて嬉しい。

心の底からそう思っているから正直に言っただけなのに、和司さんは渋い顔をしている。

もしかして、私、また言葉が足りなかった？

私は長くしゃべるのが苦手なせいか、肝心なことをちゃんと伝えずに素っ飛ばしてしまう傾向がある。

ただし、それが顕著《けんちょ》に現れるのは親しい人と話すときだけ。きっと言わなくてもわかってくれるって甘えが出ちゃってるんだろうな、と自分では思っている。

「あ、あのですね、和司さんがちゃんと来てくれたから、もういいって意味で、ですね！」

「わかってる。もっと我儘《わがまま》を言ってほしいっていう、単なる俺の希望だから」

「そんな……」

私は結構我儘言ってると思うんだけどなぁ。でも、そう返事をしたら、「それは我儘のうちに入らない」なんて言われちゃいそうだ。

「そうだ！　和司さん、お話って何ですか⁉」

不利なときは話題転換に限る。

「食べた後じゃだめ？」

いつになく言い渋っている。私としては謎を抱えたままご飯を食べるより、すっきり解消してから食べた方がいいんだけどな。

もしかして、先に聞いたらご飯が喉《のど》を通らなくなるくらいマイナス方面に重大な話なんだろうか？

「そんなに悪い知らせなんですか？」

自分の顔から血の気が引いたことがわかる。それに気付いたのか、和司さんが慌てて首を横に振った。

「いや、それほどでもない……」

視線をさまよわせて少し躊躇《ためら》った後、彼は居住《いず》まいを正した。

つられて私の背筋も自然と伸びる。

「兄貴の下につくことになった」

「……いつからですか？」

「九月」

あと一か月。それが短いのか長いのかわからない。

私はいつか彼は親会社へ戻るんだろうな、と前から思っていたので驚きはない。

むしろ、とうとうその時期が来たんだな、という気がする。

「今日、あちらへ直行したのも、その関係ですか？」

「うん」

「そうですか」

納得したので黙っていると、和司さんが拍子抜けしたような表情を浮かべた。

「そうですかって……それだけ？」

「え？」

今度は逆に私が驚いた。

「どうして、とか、何で、って聞かれると思ったのに」

「いつか戻るんだろうって思ってましたもん」

別に驚きはしませんでしたと告げると、なぜか和司さんはがっくりと肩を落とした。

「物わかりがよすぎて寂しい」

「なんですか、それ」

彼の拗《す》ね顔に苦笑が漏れた。

私だって寂しくないわけじゃない。今までみたいに毎日会ったりできなくなるし、週末に会う機会も減るだろう。

だけど、和司さんのキャリアを考えればいつかこういう話が出るだろうって思ってたし、出たときは「寂しい」なんて我儘《わがまま》は言わない。

和司さんが気持ちよく移籍できるように、笑顔で送り出すって決めていた。

なのに、当の本人から「物わかりよすぎ」だなんて非難を受けるとは思っていなかった。

「急な話だったんですか？」

気を取り直して尋ねてみる。

「この前、ひとみさんのドレス選びに行っただろう？　あの日、兄貴から話があったんだ。そろそろ戻ってくる頃合いだろうって。だから急って言えば急かなぁ？」

ああ、あのとき！

そう言えば真面目な顔で何か話してるところを見かけたっけ。

あのときは仕事の話なのかなって漠然と思ってたけど、そんな話をしていたんだ。

「俺ももうすぐ三十だろ？　そろそろ足元を固めないと、とは思っていたんだ。で、兄貴の誘いを受けることにした。『フォアフロント・コーポレーション』は祖父が作って、父が大きくしてきた会社だ。次は兄貴が背負う。俺は微力ながらそれを支えていきたいって思ってる」

真摯《しんし》な眼差しが真正面から私を見つめた。

「和司さんならできると思います。いいえ、和司さん以外の人にはできないことだと思います」

そして本当は、頑張る和司さんをそばで支えられたらよかったんだけど、子会社の一社員では無理だ。だからせめて彼が疲れたとき、快適に休めるような場所になりたい。

ありがとう、と彼が笑うのとほぼ同時に、前菜が運ばれて来た。

瑞々《みずみず》しいトマトの鮮烈な赤が食欲を刺激する。

「とりあえず、食べようか？　実はかなり腹が減っててさ。この誘惑にはちょっと逆らえそうもない」

前菜の皿をちらりと眺めて苦笑いしながら、和司さんが話の中断を申し出る。

もちろん、お腹《なか》が鳴るほどの空腹を抱えた私に異論はない。

デザートはとてもシンプルな盛り付けのレモンゼリー。クラッシュされたその上には緑のミントがちょこんと載っている。飾りはそのミントだけ。透明な器《うつわ》の中のうっすらと黄色いゼリーは照明をキラキラと弾きながら、涼しげに揺れている。蒸し暑い日の宵《よい》にはちょうどいい。

すごく酸っぱいんじゃないか、という不安は杞憂《きゆう》に終わった。舌の上にひんやりと広がる甘みと酸味のバランスがちょうどよくて、心地いい。暑さに疲れた体に優しく沁《し》み渡る。

いつも和司さんは「俺の分もどうぞ」って言いながらデザートをくれるし、私もその言葉についつい甘えちゃうんだけど、今日のデザートはちゃんと彼にも食べてほしい。

だから彼の分のゼリーを彼の方に押し戻す。

「どうしたの、雪乃？　もうお腹いっぱい？」

「レモンって疲労回復に効くんですよね？　和司さん、お疲れだと思うので……。食べてください」

和司さんは「そんなに疲れてるわけじゃないんだけど」と言いながらも、ゼリーを手元に引き寄せて食べ始めた。

「美味いね」

彼の言葉に私は大きくうなずいた。

すぐ食べ終わってしまうのが勿体《もったい》なくて、私は少しずつ口に運んでいたけれど、和司さんはあっという間に食べ終わってしまった。

正面から食べているところをじっと見つめられるのは、居心地が悪い。しかもいつもより真剣な目をしているから、なおさら気になってしまう。

食べる速度はますます遅くなってしまうけど、喋っていた方が気が紛《まぎ》れる。

私は彼にどうしたのかと尋ねた。

「ん？　ああ、いや……」

なんて言葉を濁《にご》されたらますます気になっちゃうじゃない。続きを、という意味を込めて彼をじっと見つめた。

「さっきの話に戻るんだけどさ、雪乃が驚かなかったことが意外だなぁと思って」

「和司さんが『フォアフロント』に戻るって話ですか？」

私の問いに彼は小さくうなずいた。

「雪乃とそういう話はしてなかった……よね？」

確かにしたことはなかったと思う。今度は私がうなずく番だ。

「でも何となく、そうなんだろうなって」

　そう答えると、和司さんの表情が微妙に変わった。言葉では表現しにくいんだけど、強《し》いて言えば、何か物足りないと思っているような、そんな感じに近い。

「何か気にかかることでもあるんですか？」

　そう聞くと彼は、うーんと唸《うな》った。

「気にかかることっていうか……」

　珍しく歯切れが悪い。

「我ながらガキっぽいと思うんだけど、やっぱり雪乃と職場が離れるのは嫌だなぁって」

「そう言ってもらえるのは嬉しいです。けど、世の中には別々の会社に勤めながら付き合ってるカップルだって、いーっぱいいるんですよ？」

「わかってる。頭でわかってても、気持ちでは割り切れないんだよ！　だってさ、俺はこんなに寂しいって思ってるのに、雪乃は全然そんな素振り、見せてくれないじゃん」

　唇を尖《とが》らせてそう告げられた。その言葉に驚いて、つい彼の顔をまじまじと見てしまう。

　その視線を居心地悪そうに受け止めた彼は、慌てて「もちろん雪乃と一緒にいたいってことを理由にして、この話を断るつもりは、全然これっぽっちもないけど」と続けた。

「そんなことで折角の機会を不意にしてどうするんですか。もう！」

　咎《とが》める声が思わずきつくなる。

　冗談なんだろうけど、真面目な顔で言うんだもの。

一瞬、本気なんじゃないかって錯覚しちゃうから始末におえない。

和司さんは頬杖《ほおづえ》をついて、「だよねぇ」と小さく苦笑いを浮かべた。

その日を境に、和司さんを取り巻く状況が一変した……っていうのはちょっと大げさかもしれないけど、慌ただしくなったのは確かだ。通常の業務に加えて、移籍の準備、仕事の引き継ぎで、忙殺されているらしい。

日中に顔を見る機会も減ったし、ちゃんとお昼を食べられているのかもわからないから、少し心配。

なんてことをぽろっとこぼしたら、加瀬さんにも美香《みか》ちゃんにも吉成《よしなり》さんにも、思いっきり笑われてしまった。

「あのね、館花さんはもういい大人なんだよ？　自己管理ぐらいできるでしょ！　雪乃は心配し過ぎ」

とは美香ちゃん談。私にびしっと人差し指を突き付ける彼女の脇で、加瀬さんと吉成さんがうんうんとうなずく。

加瀬さんはゆるくカールした髪を、吉成さんはさらさらストレートの黒髪を揺らしながら。

酒井《さかい》美香ちゃんは私が本社に異動になって初めてできた友達。

そして加瀬ひとみさんと、吉成秋奈《あきな》さんとは、ある事件がきっかけで仲良くなった。

単なる嫌がらせ——今思い返せば、ただそれだけのこと。

けれど、あのときを思い出すと胃が鉛《なまり》のように重くなる。

格好がよくて、人当たりがよくて、そして仕事もできる。そんな男性がモテないわけがない。

当然、和司さんに憧れる女性はたくさんいた。

なのに、彼が選んだのは大した取柄《とりえ》もない私だった。

そうなれば腹を立てる女性だっている。

そういう中の一人、深山《みやま》さんという女子社員が思い余って極端な行動に出てしまった。

彼女は盗撮写真付きで「佐々木雪乃が二股をかけている」という根も葉もない噂を流した。

それがまたたく間に女子社員の間に広まって、距離を置かれたり、陰口を叩かれたり。

その辛かった毎日を支えてくれたのが、この三人。

そのときから、私たち四人は先輩後輩という立場や部署を越えて、大の仲良しグループになった。

あれは本当に嫌な事件だったけれど、でも友情を深めるきっかけにもなったので、簡単に切り捨てることもできない。

ただ、あのときみんながいなかったら……って考えると、今でも背筋が寒くなる。

あの頃は和司さんのことが全然信じられなくて。

とにかく迷惑だけはかけたくないと思って、彼から逃げ回ってばかりいた。

振り返ってみれば、陰からずっと見守られていたんだってわかるけれど、当時はそんなことも知らなくて。随分と彼を苛立たせたと思う。

だけど、彼は一度も私を急《せ》かそうとはしなかった。逆に「したいようにすればいい」って言ってくれて。あの頃の私は今よりはるかに頼りなかったはず。

それでも彼は信じてくれたんだよね。改めて、和司さんの懐《ふところ》の深さを思った。

敵《かな》わないなあ。おそらく、これからもずっとずっと敵わないんだろう。


休日くらいは、とにかく和司さんにゆっくりしてほしい。だからその週末は、出かける計画も立てず、直接彼の家に出向いた。

駅まで迎えに来ると言う和司さんを何とかなだめ、最近やっと通いなれてきた道を辿る。

迎えに来るくらいなら、その分休んでほしいとお願いしたら、電話口の彼は少し不満そうだった。本当に過保護もいいところだ。

保護されている当の私がこんなこと言えた義理じゃないけど、それはもう呆れるぐらい過保護。

途中で少し脇道に逸《そ》れて、立ち寄ったレンタルＤＶＤ屋さんで大量のホラー映画を借りた。今日から明日にかけてホラー祭り開催です！　夏にはちょうどいいでしょう？　タイトルはさっき電話で聞いた和司さんの希望半分、私の希望半分。

本当は食材も買って行きたかったんだけど、それは諦めた。なぜか和司さんは一緒にスーパーに行きたがるから。和司さんの家にお邪魔するときは大抵、昼食、夕食、翌日の朝食、そして昼食あたりの分まで買い込むので私一人では持ちきれないほど大量の荷物になる。だから一緒に行きたいという和司さんにいつも甘えてしまっている。

付き合い始めた頃は、スーパーなんてほとんど行かないと言っていた。初めてお泊まりした日に行ったショッピングモールの食材売り場では、かなり所在なさげで、実はひそかに可愛いと思ったくらいだ。それが最近では店内で浮くこともないし、調味料をうっかり切らしたときや買い忘れがあるときは、一人で買いに行ってくれるくらいに成長してる。

もうちょっとしたらお料理も……と大きな野望を抱いているけど、そっちの方はまだまだ前途多難だ。こと料理に関しては、和司さんは驚くような失敗をしてばかりいるから、できないっていう思い込みに縛られている面があるんじゃないかな。

料理以外はなんでもそつなくこなしちゃうから、一つぐらい苦手なことがあった方が可愛い。でも自炊できた方が健康にいいしなぁ。

ただ、これからしばらく忙しい日が続くだろうし、今のところは自炊なんて夢のまた夢よね。

日持ちするものや、冷凍できるものを作り置きしておこうかな。

なら、今日の食材は多めに……。でも、あんまり多く作っても迷惑かなぁ？　本当は毎日、作ってあげられればいいんだけど。

さすがに毎日通うわけにも行かないよね。一緒に住めたら解決するんだけどな。……ん？　一緒？　一緒⁉

頭の中に「同棲」とか「結婚」なんて単語が乱舞し始めたので、慌ててそれを振り払った。

わ、私ってば何をそんなに浮かれてるわけ！　落ち着け、落ち着け自分。

付き合い始めてまだ三か月くらいだよ⁉　こんな先走った妄想してるのがばれたら、和司さんにも呆れられちゃうじゃない⁉

一人で赤くなったり青くなったりしている間に、マンションに到着。

和司さんを呼び出す前に、動揺した気持ちを落ち着かせるため、二、三度大きく深呼吸。

エントランスで部屋番号を入力して、呼び出しボタンを押す。

頬《ほほ》が熱いから、きっとまだ顔は赤いだろう。部屋に着くまでに落ち着きますように！

もし駄目だったら、外が暑かったからって誤魔化そう。今が夏でよかった。

『――はい？』

スピーカーから和司さんの涼しい声が流れてきた。

聞きなれた声。それもスピーカーを通してだからくぐもった粗い声。心臓がどきりと跳ねた。

「あ……」

声が詰まって名乗るのが遅れた。

『雪乃？』

一音だけで私だとわかってくれて、嬉しくなる。我ながら単純だ。

「はい！」

『ん。鍵あけるよ』

言い終わったタイミングで、ドアからカチャリと鍵の外れる音がした。私は慌ててドアに歩み寄り、それから周りをざっと見回した。不審な人はいないかどうか確認したうえでドアを開ける。

ドアが閉まり、鍵がかかる音を確認してから部屋へ向かった。エレベーターを待つ時間ももどかしい。心の中に残っている冷静な部分が、そんな私の余裕のなさを笑っている。けど、これでも一応恋する女なので。そういう冷静な部分が上げる笑い声は無視。

ああ、早く和司さんの「いらっしゃい」を聞きたい。機械を通した声じゃなくて、彼の口からこぼれる声を。

お昼は買い出しが間に合わなかったので、ありあわせのものでパスタ。

夕食は和司さんの「暑いときはカレー！」の一言でカレーに決定。多めに作って冷凍保存しよう。それならキーマカレーがいいかな。煮込む必要がないからさっとできて、作る側にも優しい。

買い物して、借りてきた映画を一本見て、それから夕食の準備。二人でどこかに出かけるのも楽しいけど、こうやってゆっくり過ごすのも好き。

彼の隣にいるのが当たり前で、彼が私の隣にいるのが当たり前。その当たり前な感じがくすぐったいような、居心地がいいような。それでいて時折「これは現実なんだろうか？」なんて真面目に考えたりもする。みんな、こんな風にふわふわした気持ちを味わいながら、付き合っているんだろうか。

窓のカーテンを閉めようと立ち上がったのに、私はカーテンを掴んだまま、そんなことをぼんやり考えこんでいた。外はもうとうに日が暮れて、真っ暗になっている。

リビングのドアを開ける音で我に返り、慌ててカーテンを閉める。

「どうしたの、雪乃？」

「カーテンを閉めただけですよ。もういいんですか？」

「ああ。もう済んだよ」

　ソファに腰を下ろした和司さんは、小さくため息をついて天井を仰いだ。そのまま背もたれに頭を預けたまま何か考えている。今まで持ち帰りしたという仕事をしていたらしいのだけれど、それが上手く進まなかったのだろうか。

　考えごとの邪魔にならないよう、私はできるだけ静かにお茶の用意をする。最初は冷たい麦茶と思ったけれど、途中で考え直して熱いほうじ茶を淹《い》れることにした。

　夏は冷たいものを飲んでしまいがちだけど、エアコンで冷えた体には温かい飲み物も心地いい。

「どうぞ。熱いから気を付けて」

　そのまま渡すには熱かったので、湯呑はテーブルに置く。

「ありがとう」

　背もたれに乗せていた頭をあげ、和司さんは少し前屈《かが》みになって、テーブル上の湯呑を手に取った。

　私も自分の湯呑を手に取ってふうふうと冷ましながら、ちびちびと飲む。ほうじ茶は熱湯を使って淹れるから、なかなか冷めない。お茶を吹き冷ますのに気を取られて、自然と沈黙が落ちる。

　ちょっと食べ過ぎたな、とか。もう一杯お茶飲もうかな、とか。他愛もないことをぼんやり考える。

あ！　そうだ。今のうちに言っておかなきゃ。

「和司さん？」

「んー？」

声をかけると、彼は湯呑に息を吹きかけながら私を上目づかいで見た。

「今日のカレー、多めに作ったんで、冷凍しておきますね。食べるときはレンジで解凍してください。ご飯も小分けにしておきますから、それも解凍して食べてください。あと、から揚げなんかも冷凍できますが、作りましょうか？」

和司さんは答えない。彼が静かに湯呑をテーブルに置く音が、小さく響く。

もしかしてお節介すぎて迷惑だった!?　今まで何度か作り置きしたことあるから大丈夫だと思ってたんだけど、やっぱり鬱陶《うっとう》しかったの!?

焦る私をよそに、彼は無言で立ち上がった。

何を？　と思う間もなく、背中に温もり。肩口から前に回された腕。私の胸のあたりで組まれる両手。私は今、うしろから彼に抱きしめられている。

彼の顎《あご》が私の肩に軽く乗せられて、頬《ほほ》が触れ合うくらい近い。

「いつもすまない」

そう言いながら首筋に顔を埋められる。私はくすぐったくて首をすくめた。

「迷惑じゃないですか？」

「迷惑？　その発想はどこから出てくるんだか」

耳元で呆れたようにささやかれた。

いや、だって。「作りましょうか？」って尋ねて無言だったら、マイナス方面に考えちゃうじゃないですか！

「ねぇ、雪乃」

彼の声が低く、甘くなる。

「なんです……か？」

答える声はかすれてしまい、これだけ密着してなかったら、おそらく彼にすら届かないくらい小さくなっていた。

「帰したくない」

体に回された腕の力が強くなる。

「今日は帰りませんよ」と茶化そうとしたのになかなか声が出ない。その隙を埋めるように、和司さんが口を開く。

「ねぇ。ずっとここに住まない？」

声が紡《つむ》がれるたび、彼の息が私の耳をくすぐる。

その熱さに、ぞくりとした感覚が背中を走り抜けた。

「ついでにさ、苗字も変えちゃったりしない？　俺が変えてもいいんだけど」

それは、つまり……

「結婚？」

「してほしい」

私の肩をぎゅうっと抱きしめて、和司さんはもう一度、私の首筋に顔を埋めた。

でも、くすぐったがってる余裕なんてなかった。

一瞬にして思考力は消え失せ、頭の中は見事に真っ白になった。

青天の霹靂《へきれき》ってこんな感じです、か？

真っ白な頭の中を「結婚」の二文字が飛び交っている。

さっきエントランスで空想したのなんて目じゃないくらい、激しい勢いで。

「な……な……な……」

本当は「何を言い出すんですか！」もしくは「何の冗談ですか！」って言いたいのに。

舌がもつれて最初の「な」しか出てこない。

「な？」

「な！」

問い返してくる和司さんに、なかば自棄《やけ》気味に同じ言葉を返す。

私の反応が予想外だったのか、彼が「え？」と不思議そうな声を出した。

すみませんね。私だって混乱してるんですよ。多少の奇行には目を瞑《つぶ》っていただきたい。

私は何とか落ち着かなければと、大きく深呼吸をした。

「和司さん、落ち着いてください」

いや、落ち着いてないのは私の方なんだけど。

「何が？　俺、落ち着いてるよ？」

いや、冷静だって言うなら、なんでいきなり結婚しようなんて言い出すの？

「和司さん。私たち付き合い始めて三か月とちょっとですよね？　それで結婚の話なんて早すぎませんか？」

よく知らないけど、普通はもう少しじっくり時間をかけて付き合って、お互いのことをよく知ってから、結婚の話が出るんじゃないの？

「それに、何で急にそんなことを？」

まさか、いきなりプロポーズが来るとは思ってもいなかった。

冗談なのかもしれないって気持ちも、実は心の隅っこにある。

「最近、毎日のように思うんだ。家へ帰ったら君がいて『おかえり』って笑ってくれたら……。そうだったらどんなに幸せだろう、って。君が週末に作り置きしてくれた料理を食べながら無性に寂しくなったりしてさ、情けない話だけれど、君と一緒にいられないことがやりきれなくて……苦しい」

和司さんはそこでいったん口をつぐんだ。私は黙って先を促した。

「色々考えてみたけれど、やっぱり答えは一つしか見つからなかった。君と結婚したい。君と二人で『家』を作りたいんだ」

和司さんの飾らない告白に、胸が締め付けられた。

彼に必要とされている。それは私の心の中に甘く流れ込んできて、流されてしまいたくなる。

すべての不安をなかったことにして、このまま「はい」と答えてしまいたい。

でも、このまま流されて本当にいいの？　私は唇を噛んだ。

和司さんのことは大好きだし、ずっと一緒にいたい。結婚するなら彼としたいって思ってる。

だけど、私は自分の気持ちにまだ自信が持てないでいる。

私は和司さんとしか付き合ったことがない――つまり恋愛経験の乏《とぼ》しい私には、この今の感情が本当に信じていいくらい強固なものなのか、わからない。

心変わりなんてしない。一生この人以外好きにならない。そう思ってる。

けれど、それは和司さんとの恋に有頂天《うちょうてん》になってる私の一時的な感情かもしれない。

落ち着いたら違う感情が見えてくるかもしれない。

そんなことない、それは違う、なんて誰も断言できないでしょう？　本人の私だってわからないんだから。

それに、これは彼の方にも言えることだ。もしこの先、彼が誰かに心を移したら？

そのとき、私は耐えられる？　もちろんそんなことは考えたくない。けど、ないとは言いきれない。

婚約者に去られるより、恋人に去られた方がマシ。そんな打算まで頭に浮かんでくる。

こんなことを話したら、彼は傷付くだろう。彼を信用してないんじゃない。

本当は私に覚悟が足りないんだ。胸の中に渦巻く不安に翻弄《ほんろう》されている。

だから私は……

「少し、時間をください」

それだけ言って俯《うつむ》いた。

「それは断りの返事？」

和司さんの問いに、私は慌てて首を横に振った。

「違います！　和司さんの気持ち、すごく嬉しいです。私だって結婚するなら和司さんとって思ってます。でも……」

「でも？」

「展開が早すぎて、気持ちがついて行かないんです」

こんな説明ではわかってもらえないかもしれない。そのときは……どうしよう。

私は目を固く瞑《つぶ》って彼の返事を待った。無意識のうちに彼の腕を、両手でぎゅっと掴んでいた。

「わかった。じゃ、この話は保留ってことで」

「ごめんなさい」

私は精一杯の気持ちを込めて謝った。伝えきれないかもしれないし、何を今さらって思われるかもしれない。それでも今の私には謝ることしかできない。

私は臆病なくせに頑固だ。いいえ、臆病だからこそ頑固なのだろう。

私はそのせいでまた彼を傷付けたかもしれない。

それでも今は「はい」とは言えない。

自分の気持ちをうやむやにしたまま、先に進むことはできなかった。

彼の優しさに甘えっぱなしで、いつか嫌われるんじゃないの？　心の奥で冷静な自分が、頑《かたく》なな自分をあざ笑っている。少しずつでも欠点を直そうと思ってるのに、全然できていない。

愛想を尽かされても仕方ないんじゃないか。そんな風に思考がどんどん悪い方へ向かっていく。

和司さんの腕がふっと緩んで、それから大きな手が私の頭をなでた。

「こっちこそ急に悪かった。君が俺との結婚を嫌がってないってわかっただけでも大収穫だよ。ありがとう」

彼の手が私の頭をなでるたびに、落ち込んでた気持ちがどんどん軽くなっていく。

それが彼に甘えきってる証拠のような気がして、少しいじけたくなった。

お礼を言われるようなことなんて全然言ってないし、していないのに。

私の頭をなでる手が不意に止まって、またぎゅっと抱きしめられた。

「君の心の準備ができるまで待つよ」

穏やかな声が耳をくすぐる。うしろから抱きすくめられていて顔が見えない。

彼は無理してないだろうか。

「和司さん……」

「でも、あんまり遅すぎるのはなしだ。俺、気が長い方じゃないから」

何て返事をしていいかわからなくて、ただ名前を呼ぶだけの私に、彼は笑いを含んでそう付け足した。その口調が明るくて、逆に心配になる。

顔が見えないのがこんなに不安なのは、やっぱり彼を信じきれていないから、なんだろうか。

と、彼が小さなため息をついた。呆れられた？　そう思ったら体がすくんだ。

「ゆーきーのー？　まーた、しょうもないことで、考え込んでるんでしょ。それ、君の悪いクセだから」

クスクスと笑いながらそう言われて、ぐうの音も出ない。

楽しそうな彼の笑い声を聞いていたら、悩んでいることが全部取るに足らないことだったんじゃないかって思えてくる。

「まぁ、考えなしに突っ走るよりは、マシだけどね」

と、褒《ほ》められてるのか、そうでないのか、微妙なフォローまでされてしまった。

「っていうことで、この話、今日はもう終わり。それより……」

「それより？」

おうむ返しに聞いた私は、次の瞬間、正確に和司さんの意図を理解した。

私の胸の前で組まれていたはずの腕がいつの間にか外れていて、服の上からさわりさわりと私のウエストあたりをなでている。

「か、かか、か、和司さん!?　ちょっと、どこ触ってるんですか!!」

たしなめるつもりで手を叩いても、全然効果なし。

あろうことか、カットソーの裾《すそ》から中に侵入してくる。

「和司さんってば!!」

「んー？　雪乃補充してるだけじゃん。カタイこと言わない」

きつい口調で咎《とが》めても、飄々《ひょうひょう》と返された。

お風呂は!?　片付けは!?　借りてきた映画は!?

矢継ぎ早にまくし立てても、全部「後で」で片付けられてしまった。

熱い唇が落ちてきて、ちゅっと小さな音を立てて首筋を吸われると、今までののんびりした雰囲気も、真面目な話も、暗い気持ちも全部どこかへ吹き飛んでしまう。

和司さんなりに、暗くなりがちな私を慰《なぐさ》めてるだけなんだろうか？

好意的に考えてみるけれど、どう考えてもやり過ぎ感が否めない。

冷房で少し冷えた首筋を彼の唇がなぞって、熱い軌跡が残る。

「ん……」

知らないうちに鼻にかかった声が漏れた。慌てて声を抑えたけれど、和司さんの耳にもしっかり届いていたらしい。背後から笑う気配がした。

服の下に潜り込んでいた彼の手がさらに大胆さを増して、上がってくる。

身をよじっても和司さんの腕の力は強くて、全然緩まない。

「や、だ……」

動き回る手を両手で掴んで押し戻そうとしたら、逆に両手をまとめて握られてしまった。

私の抵抗を面白がっているようで、耳のすぐそばで忍び笑いが聞こえる。その声には艶《なま》めかしい甘さが漂っている。

肌にかかる吐息のくすぐったさに首をすくめていると、背中をかけ上ってくるぞわりとした感覚に全身が小さく震えた。このままじゃ本当に流されてしまいそうだ。

彼の手が動くたびに感じる、甘くて切ない疼《うず》き。それに負けそうになる気持ちを抑えながら、どうすれば彼の気持ちを変えられるだろうかと悩んでいたら、不意に抱き上げられて、可愛くない悲鳴を上げる羽目になった。

バランスを失った私は、いつの間にか自由になっていた両腕を彼の首に絡めた。

「君を落としたりしないよ、安心して」

不意に抱き上げて私を驚かせた張本人は、あっけらかんとそんなことを言っている。

恐る恐る腕を離した私は、そこでやっと彼に横抱きにされていることに気が付いた。

仰ぎ見た彼は子どものように屈託《くったく》のない笑みを浮かべていた。けれど、目は何かを企《たくら》んでいるようにきらきらと光っていて、その中に妖《あや》しく暗い色が見え隠れしている。

和司さんの目に暗い色が浮かぶのがどういうときか、私はもう充分知っていた。

――これは……逃げられない気がする。そんな言葉が頭をよぎる。

「和司さん……」

なかば諦めつつ名前を呼ぶと、彼はちょっと困ったような顔をした。

「ごめん。我慢できないから、実力行使……していいかな?」

そんな風に言われたら抵抗する気が消えちゃうじゃない。

恥ずかしい気持ちが小さくなって、彼の肌に触れたいという気持ちが湧き上がってくる。

「和司さんはずるいです」

「うん。ごめん」

そう言いながら彼はリビングのドアを開けた。

向かう先は寝室。見なくたって、聞かなくたってわかる。

「自分で歩けます。下ろしてください」

せめてもの抵抗でそう言ってみたけれど、彼が聞き入れてくれるはずもなく。

「嫌だ」

私、重いのに。なんですぐに抱き上げようとするんだろう。

彼は私を抱いたまま、器用に寝室の照明スイッチを押す。リビングに比べれば、かなり光量が抑えられているけれど、夜、眠りにつくときほどには暗くない――そんな光量に調節して、彼は壁から離れた。

少し明るすぎじゃないかと言おうとしたけれど、ときすでに遅く、私はベッドの上に下ろされて、覆《おお》いかぶさってくる和司さんの影に閉じ込められていた。

迷うことなく近づいてくる和司さんの端整な顔。伏せられた目に長いまつげがかかって物憂《ものう》げに見えるのに、その奥の瞳には力強い意志が表れている。

今自分が置かれている状況も忘れて、見惚《みと》れた。

無言のまま重なる唇。初めは軽く触れ合う程度だったけれど、それはすぐさま深くなっていった。角度を変えて何度も重なり、互いの唇の柔らかさを貪《むさぼ》り合う。

吐息を呑み込む勢いのキスは眩暈《めまい》がするほど甘いけれど、同時に息苦しさも伴う。

それに負けて食いしばっていた歯を解くと、すかさず隙間から彼の舌が滑り込んだ。

「ん……ふっ……」

侵入した舌が、誘うように私の舌をぞろりとなぞる。それだけで私の体はびくりと跳ね、同時に鼻にかかったような吐息が漏れた。

この先に訪れる快感を知っているこの体は、私の意志に反して素直に反応してしまう。

巧《たく》みに誘う彼の舌に必死で応えているうちに、呑み込み切れなかった唾液が口の端からこぼれ、顎《あご》を滑り落ちていく。その流れ落ちる感覚すら快《こころよ》く感じて、私は小さく身をよじった。

顎に添えられていた彼の手が、私の首筋を滑り胸元へ下りて行った。

そして服の上から胸の膨《ふく》らみを優しくなでる。何度も何度も優しい手つきで愛撫《あいぶ》されているうちに、服の下で胸の頂きが固く立ち上がってくるのが自分でもわかった。

触っている和司さんには丸わかりだろう。恥ずかしくて顔がかっと熱くなった。

一度そうして固くなれば、感覚が鋭敏になってしまう。彼の手が胸を触るたびに体がびくびくと反応する。

小さな悲鳴とも喘《あえ》ぎともつかない声が漏れるけれど、和司さんの唇に塞《ふさ》がれていて、すべて口腔《こうこう》内に消えた。

それまで服の上から胸に悪戯《いたずら》をしていた手が、裾《すそ》から侵入して服をめくり上げていく。

この明るさの中で服を脱ぐことの恥ずかしさで我に返った私は、彼の肩を両手で軽く押した。和司さんは私の意を汲んでくれたらしく、一度唇を離した。

「どうしたの？」

と私の顎を流れ落ちた、どちらのものかわからない唾液の筋を舐《な》め上げた。

「和司さん、ライト……消して」

「嫌だ」

乱れた息の下から何とか訴えたけれど、和司さんは私の願いを無視して、首筋にキスをした。

冷房で冷えた肌の上を、彼の舌は火傷《やけど》するような熱さで動く。その熱さに漏れそうになる声を、唇を噛んで必死に我慢する。

普段ならこれだけの触れ合いでも体から力が抜けていくけれど、今日は快感より羞恥《しゅうち》が勝った。

だんまりを決め込んだ彼に向かって、同じお願いを何度か繰り返した。

初めは無視して首筋にキスをしたり服を脱がそうとしていた和司さんは、三度目でようやく顔を上げてくれた。けれど、彼の口から出た言葉はとてもあっけらかんとしたもので……

「気にしなきゃいい」

だった。

まさかそんな答えが返って来るとは思わなかったので、思わず聞き返してしまった。

気にしなきゃいいって、気になるに決まってる!!

何を言っているのかと、彼の顔をまじまじと見つめてしまった。彼は私の視線を平然と受け止めて、にやりと意地悪な笑みを浮かべた。服の裾《すそ》から侵入した大きな手が、脇腹をするりとなでる。

その刺激に自然と体が震えた。彼の手の動きに合わせて、体の中心に熱がたまってゆく。

「どうせすぐ気にならなくなるよ?」

艶《つや》めいた目で見つめられて、私は一瞬呆《ほう》けてしまった。でも、すぐに彼の言葉の意味に気付いて、頬《ほほ》がかっと熱くなった。

「和司さんの……」

「俺の? 何?」

呟《つぶや》くように小さくなった私の声をよく聞き取ろうとして、彼の顔が少し近づく。

人を食ったような涼しい顔が憎らしい。

「和司さんの馬鹿！」

「……」

無言でじっと見つめていたら、彼は小さなため息をついて体を起こした。

「……降参」

拘束が解けたのをいいことに、私はベッドから降りて照明の輝度《きど》を下げた。部屋全体がじわりと暗くなった。

振り返ったら、ベッドの上に胡坐《あぐら》をかいている和司さんと目が合った。

彼は「負けたよ」というような感じで肩をすくめた。軽く眉を上げる仕草まで、とても決まっている。

そのまま部屋を逃げ出すという選択肢もあったのかもしれないけれど、私は素直に彼のもとに戻った。するとずっと私を見つめていた和司さんが、満足そうに目を細めて笑った。

もしかして逃げるかもって思われていたのかな。そう思うと自然と頬が緩んでしまう。私の臆病な性格を正しく読んでいるところや、「逃がさない」とか何とか言いながらもちゃんと逃げ道を用意してくれる優しさ。そういう気遣いが嬉しくて、愛しくて。

彼が私を見つめている。それと同じぐらいの強さで、私もじっと彼を見つめ返す。

「逃げないの？」

「逃げた方がよかったですか？」

からかい交じりの苦笑に、私も笑って返した。

「まさか」

少し屈《かが》めば、座ったままの彼と唇が触れ合う位置。私は伏し目がちに顔を近付ける。その動きの意図を汲んだ彼は、私の頬《ほほ》を両手で挟んだ。その手に導かれるようにして私は彼の唇に、自分のそれを押し当てた。

軽くついばむようなキスを何度も何度も繰り返す。さっき彼が仕掛けてきた濃厚なキスにはまだまだ全然及ばない。でも、私からもちゃんと好きだって伝えたかった。

「今日は珍しいことばっかり起きるね。君から、なんて」

唇を離した途端、和司さんがそう言って笑った。

「あ……えっと……」

やっぱり、はしたなかった!?　頬にかあっと血が上る。私は火照《ほて》る顔を両手で押さえながら、どう謝ったらいいだろうと視線を彷徨《さまよ》わせた。

「何か変なこと考えてるでしょ？」

「え？」

「まったく君は。俺はね、嬉しいって言ってるの。そのぐらいわかってよ」

拗《す》ねた口調でそう言う彼の唇には、私のリップグロスが移ってしまっている。

それが仄暗《ほのぐら》い照明の中で妖《あや》しく光った。

嬉しい？　本当に？

「ね、雪乃。もう一回」

いぶかる暇もなく、蜜が滴《したた》るような甘い声で和司さんがささやく。

同時に彼の指が私の手首に絡みつき、キスを催促するように軽く引っ張った。

「和司、さん!?」

「ダメ？」

吐息のようにかすれた艶《つや》っぽい声。背中にぞくりとした感覚が走った。

その甘い戦慄はお腹《なか》の奥の方に流れ込んで熱い何かに変わっていく。それは彼をほしいと思う欲望だ。

何度も彼と体を重ねた経験から私はそのことをよく知っている。

「ねえ、雪乃？」

彼の唇が、ゆっくりと動いて誘うように私の名を呼んだ。薄暗い照明に浮かぶ彼の顔に見惚《みと》れてしまう。

くらりと視界が歪んだ。いつの間にか私は彼の唇にキスをしていた。何度も、何度も。

ついばむような軽いそれは、だんだんと貪《むさぼ》るように深くなっていった。

いつもは彼から与えられる行為に応えることが多くて、自分からこうやって仕掛けることは少ない。彼に覆《おお》いかぶさるようにしているのも、上から口づける角度も新鮮で、全身に不思議な感覚が湧き起こる。

「……ん……ふ……ッ……」

深いキスの合間、切れ切れに吐息が漏れる。鼻にかかった自分の声が恥ずかしい。自然と漏れてくるそれは、自分の意志ではどうしても止められない。

深く舌を絡めて、絡めとられて。いつの間にか主導権がどちらにあるのかさえわからなくなった。唇が塞《ふさ》がれて息苦しくなって。それでも止まらないし、止める気も起きない。

酸欠なのか興奮なのかわからないまま頭がぼんやりしていく。

体が痺《しび》れて力が抜けそうになった頃、世界がぐるりと回っていた。気が付くと、私はベッドに仰向けになっていた。キスをしたまま体勢を変えるなんて器用な真似をした和司さんは、一度唇を離し、すぐに首筋にキスを落とした。ぞくり、と体の奥で熱が蠢《うごめ》く。

彼の唇はゆっくりと、でも確実に下りていく。唇を落とされた場所がひどく熱い。

彼に慣れつつある私の体は、その行為に正確に反応した。

キスで乱れた息が、違う意味でまた崩れていく。はあはあと乱れる息と、合間にこぼれだす喘《あえ》ぎ声。

自分の声が酷く欲に濡れているように聞こえる。その声を和司さんにも聞かれているのだと思うと、恥ずかしくていたたまれない。

けれど、口元を手で塞ごうとすると、その手をシーツの上に縫いとめられる。唇を噛んで声を殺そうとすると、噛み続けていられないほど激しく責め立てられて、嬌声《きょうせい》を上げることになる。

私の体をよく知っている彼は、私の戸惑いを無視して快感を生む場所を正確に暴き立てていった。

やがて優しくて強引な指先が秘裂に届き、私は我を忘れるほどの快感に溺《おぼ》れていく。その快感に翻弄《ほんろう》されながら、重なり合う肌にこもる熱に酔う。

彼の背を滑る汗に彼の欲望を知り、絶え間なく与えられる快感に五感を持って行かれた。

「も、ダメ、やっ……」

過ぎた快感に泣き声を上げても、

「まだ、だ」

暗い欲情に濡れた声が私の願いを切り捨てる。迷いのない仕草で私を追い立て、追い詰める。それを憎んでしまいたくなるほど、私は彼の与える刺激に酔わされた。

「そろそろいい、かな」

独り言のように彼が呟《つぶや》く頃にはもう何度か上りつめていて、私はなかば朦朧《もうろう》としていた。

秘裂に埋め込まれていた彼の指がゆっくりと引き抜かれ、上りつめたばかりの私はその刺激にさえ過敏に反応した。出て行こうとする彼の指を無意識に締めつけてしまい、それがさらなる快感を生む。

「っあ……」

思わず身をよじった途端、ぬかるんだそこから淫靡《いんび》な水音が響いて、泣きたくなるくらいの羞恥《しゅうち》を覚えた。冷静なままの和司さんに、乱れきった私はどんなふうに映っているのだろう。

「や……」

快感に疲れて弛緩《しかん》した体を何とか動かして身を小さくしようとしたけれど、和司さんは力強い腕でそれを難なく阻止する。

「本当に、嫌?」

組み敷きながら、私をじっと見下ろす。本当は嫌じゃない。ただ、彼から与えられる感覚のすべてが気持ちよすぎて、怖いだけだ。答える代わりに、首を横に振った。

そんな私の様子を見て満足そうに微笑んだ彼は、ゆっくりと体を離した。すばやく準備を整えて、ふたたび覆《おお》い被さって来るその姿を、ぼんやりと見つめる。

額に汗を滲《にじ》ませた和司さんが切なげな顔で笑う。そこからこぼれる色気に胸が痛くなった。

「挿《い》れる、よ」

答える代わりにうなずくと、彼は力なく投げ出したままの私の両足を抱えた。

恥ずかしいと思う暇さえ与えられずに、熱い楔《くさび》が私の中にゆっくりと押し入ってくる。

「んっ……あ……」

今までにも何度か彼のものを受け入れているけれど、やはり最初は少し苦しい。体を強張《こわば》らせないように意識しても、圧迫感と一緒にもたらされる快感のせいで、体が言うことをきかない。

「雪乃……そんなに、締め付ける、な」

「む、り……」

できることなら応えたいけれど、まだ上手くできない。ただ苦しげに眉根を寄せる彼の顔を見上げるだけ。その視界だって増していく快感にかすんでしまう。

「はっ……あぅ……ん……」

彼の楔はゆっくりと私の中へ中へと進んでいく。声を抑えられない。苦しい。

でも、行為に溺《おぼ》れている私にとって、その苦しさは征服される喜びを生むもので、やがてそれは完全な快感に変わる。彼が進み、感じる場所を刺激されるたびに体が小さく跳ねた。そして一番奥に彼のものが当たる。彼の感触で、じわりと大きな快感が広がった。

「気持ちよすぎ。手加減できなそう、だ」

苛立たしいような、甘いようなそんな声音で和司さんが呟《つぶや》く。その声さえも私を煽《あお》ることにしかならなくて、無意識のうちに中の彼を締め付けていた。

私自身、呑み込んだものの形を克明に知ることになって、予想しなかった快感に息を詰めた。けれど、どうやら彼にも影響はあったようで――

「っく……」

と小さな呻《うめ》き声を上げた。その後で深い深いため息を一つつくと、和司さんは「ごめん」と心底すまなそうに呟いた。その言葉が耳をかすめるとほぼ同時に、いきなり彼が勢いよく動いた。

「んぁ!? あああ! や……や、だめぇ!」

それまでのゆっくりした動きとは打って変わった激しさで、私は一瞬息が止まった。強い刺激に耐えきれず、背をのけ反らせる。

無意識のうちに逃げようとして上にずり上がると、彼の手で引き戻された。

最後には、逃げられないように肩を掴まれて逃げ場を失った。

シーツを握り締めてやり過ごそうとしても、どうにもならない快感が体の芯を突き抜けてゆく。絶え間なく与えられる快感に体が痙攣《けいれん》を起こし、悲鳴に似た喘《あえ》ぎが自分の口からこぼれた。

それすら逃がさないというように、彼の唇が私の口を塞《ふさ》ぐ。容赦《ようしゃ》なく侵入した彼の舌が私の舌を絡めとり、漏れる声を貪《むさぼ》った。

「……ふっ……ん、んっ……ん……」

喘ぎさえ彼にさらわれ、支配される。何度も高みまで連れていかれて、それでもまだ解放されず、底なしの深みにはまり、我を忘れて彼にすがりつく。

ようやく解放された頃には、指一本動かなくなるまで疲れ果て、声がかすれていた。

疲れ切った体を互いに絡めて、軽いキスを繰り返しているうちに、私は睡魔に負けてうとうとし始める。

耳元で優しい声が「おやすみ」とささやく。それに応えたかどうかあやふやなまま、私は眠りの淵に落ちていった。


夜更かしした代償で、翌日は二人揃って朝寝坊した。

目が覚めたときにはもう日が高くて、慌てて時計を見ると、もうすぐお昼の時間だった。

寝坊にもほどがあると、自分自身に突っ込みを入れながら飛び起きる。早くごはんの用意しないと、お昼に間に合わなくなっちゃう。

彼とゆっくり迎える朝は、とても贅沢なものに思える。

けど、その反面、一緒にいられる時間を寝て過ごすことに勿体《もったい》なさも感じる。

腰をひねって振り返ると、和司さんは静かに寝息を立てて眠っている。彼の額にかかった髪を指先でそっと払った。

私が彼より先に起きるなんて珍しい。あまり時間は残ってないけれど、せっかくだから彼の寝顔を観察させてもらうことにした。

社内ではいつも小さな笑みを浮かべていて、それが崩れることは少ない。それって無表情なのと変わらないよね。

けれど、プライベートの和司さんはとにかく表情がくるくる変わる。笑ったり、すねたり、怒ったり、意地悪だったり、そして……時には目が釘付けになるくらい艶《つや》っぽい。

起こさないように、彼の頬《ほほ》にそっと触れた。頬から顎《あご》へ指を滑らせると、伸びてしまった無精ひげが少しざらつく。指先に感じる感触に小さな幸せを感じた。だって、こんな彼に触れられるのは私だけ、そう思えたから。

寝ている和司さんは、あどけないのに、色っぽい。いつもとまるで違う。薄く開かれた唇を眺めていると色々妄想してしまって、見る間に顔が熱くなった。

こここ、こんなこと考えてる場合じゃなかった!! ご飯作らなきゃ!

慌てふためきながらも、彼を起こさないようにそーっと立ち上がが――

「どこ行くの」

「うぇっ!?」

いきなり腰を抱きしめられて、変な悲鳴を上げてしまった。

「和司さっ……！　え、いつから起きて!?」

「さぁ？」

くすくす笑いながら、はぐらかす。

「もう！　からかってばっかり！」

彼の腕を解こうとすると、ますます力を込めてくる。私の脇腹あたりに顔を埋めた和司さんの吐息を布越しに感じる。

「どうしました？」

確信はなかったけど、彼が何かを躊躇《ためら》っている気がしたので、思い切って聞いてみた。

「ん……。近いうちに俺の両親と会ってほしい。あと、できれば、俺も君のご家族とお会いしたい」

「それは……」

昨日の話の続き、なんだろうか？

「昨日の件は抜きで考えて。ただ、付き合ってる彼女がいるってことで、両親に紹介したいんだ。――駄目、かな？」

「だ、駄目ってことはないですけど……そろそろ私も家族にちゃんと和司さんを紹介したいと思いますし」

けど、和司さんのご両親ってつまり、『フォアフロント・コーポレーション』の社長さんとそのご夫人。

私みたいな子会社の女子社員がおいそれとお会いできるような方では……

「雪乃、また余計なこと考えてるでしょ?」

上目使いで睨《にら》んでくる和司さんの視線が痛い。

「鋭いですね……」

「俺が鋭いんじゃなくて雪乃がわかりやすいだけ。大体雪乃はいつも考えすぎなの。少しは後先考えずに突っ走ってみたらどう?」

どう? って言われても困る。

「まぁいいか。そういう慎重なとこ好きだし」

「なっ!? 急に何をっ」

言い出すんですか! もう!

熱くなった頬《ほほ》を両手で押さえて、咎《とが》めるように彼を睨んだら、にやにや笑いが返って来た。これ以上は何を言ってもからかわれそうな雰囲気だ。こういうときはさっさと逃げるに限る。

「そろそろご飯作らないと。手を離してください」

「えー! もうちょっとこのままじゃダメ?」

不満そうな声と同時に、私の腰を抱く腕に力がこもる。

「ダメです！　お腹《なか》、空いてないんですか？　お昼ご飯、いらないんですか？」

「……いらなくない」

和司さんはぼそりと呟《つぶや》いて手の力を抜いた。もう。どうせなら力を抜くだけじゃなくて、手を離してくれればいいのに。

仕方ないから私は彼の腕をどけた。力の入ってない腕って結構重い。服の上からだと細いように見えるけど、実はしっかり筋肉がついてるから、尚更重い。

立ち上がって振り返ると、和司さんはまだベッドに寝転がっている。

「起きたくない……」

なんてことをぶつぶつ言いながら。まるで休みの日に早く起こされて不機嫌になってる子どもみたいだ。

「ご飯できるまで、寝てていいですよ」

と声をかけた途端、すごい勢いで体を起こした。

「嫌だ！　起きる」

一人で寝ていてもつまらないんだそうだ。起きたくないって拗《す》ねたり、起きるって言ったり、まったく忙しいなぁ。私は彼に見つからないようにくすっと笑った。

笑ったのがばれたら、きっとまた拗ねるから。

「後で、日程決めましょうね？」

て、無言で首を振って寝室を出た。

「ん。ありがと、雪乃」

お礼を言われるようなことじゃないのに。私はなんて答えていいのかわからなくなって、無言で首を振って寝室を出た。

4

——と言ったあの日から、あっという間に日が過ぎて。

私は今、大きな家（いや、家というよりお屋敷ですね）が立ち並ぶ街の一角を、和司さんに手を引かれて歩いています！

まだ朝の九時を過ぎたばかりだというのに、太陽は燦々《さんさん》と輝いていて、相変わらず容赦《ようしゃ》のない暑さ。今日も最高気温の記録を更新するんだろうかと、耳を塞《ふさ》ぎたくなるような蝉《せみ》の大合唱の中でぼんやり考えた。

なんでこんなにうるさいのかといえば、お屋敷が大きければ庭もちろん広くて、庭が広ければ大木もあって、大木があれば蝉だってとまるでしょう。

自分の住んでいる街とのギャップに、思わずため息が漏れる。本当にここは日本なの？　って。

気後《きおく》れして足が鈍ってしまい、和司さんに手を引かれているわけですよ。この暑いのに申し訳ないなぁとか、手のひらにたくさん沢山汗をかいてるから恥ずかしいとか、色々考えてしまう。

これだけ暑い中を歩いていれば、当然のように汗が出る。

けれど、今の私の汗は、どちらかというと緊張による冷や汗の比率が高い。体の表面はじりじりと太陽に炙《あぶ》られているけれど、一皮めくった内側はひんやりと凍っているような不思議な感覚。

「そんなに緊張しなくていいから」

振り返った和司さんがくすりと笑う。ああ、今日も爽やかな笑顔で……とても眩《まぶ》しいです。

――じゃなくて！　この状況で緊張しない人間がどこにいるんですか！

「無理！」

なかば悲鳴みたいな声で弱音を吐くと、和司さんはくすくす笑いながらこっちを見ている。

「そんなに笑わなくたっていいじゃないですか！　とんでもないドジでも踏んだらどうしようかって、気が気じゃないんですよ!?　嫌われちゃったらどうするんですか！」

「そんなこと、絶対ありえないから大丈夫だって」

和司さんはそうやって気にしすぎって笑うけど！

でも、自分で言うのも恥ずかしいけど、緊張すればするほど、とにかく私はドジを踏む。

いわゆる本番に弱いタイプなのだ。

大体ね、和司さんと話すようになったきっかけだって、私が思いっきりドジを踏んで醜態《しゅうたい》をさらしたからだ。

まだ季節が寒い頃、受付担当の加瀬さんと吉成さんが急病で欠勤して、代理で私が受付に入ったことがある。そのとき、緊張しすぎて足元がおろそかになって、和司さんを訪ねてきたお客様の前で盛大に転んだんだよね。

半年近く経った今でも、あのときのことを思い出すたびに、のたうち回りたくなるくらい恥ずかしい。

これから「彼との馴《な》れ初《そ》めは？」って聞かれるたびに、ずっとずーっとあの大失敗を思い出さなきゃいけないんだよ!?

それだけでも恥ずかしいのに、和司さんのご両親にお会いするたびに、初対面の大失敗を思い出す……なんて事態は何としても避けたい。あんな恥ずかしい思いは人生に一度で充分です。

「安請け合いをしないでください、もー！」

「はいはい。さ、行くよ。いつまでもこんなところにいたら体が溶ける」

暑いのが苦手な彼らしい発言だ。

いや、別に人間は溶けないと思うんですけど。

あ、でも化粧は汗で落ちる！　化粧崩れした顔で「初めまして」はちょっと遠慮したい。

「そ、そうですね！　急ぎましょう」

急に態度を変えた私に、和司さんが胡乱《うろん》な目を向けてきた。

そんな目で見なくたっていいじゃないですか。女には女の事情があるんです！

気後《きおく》れしつつ先を急ぐ、というなんとも矛盾《むじゅん》した事態に陥った私は、和司さんと並んで歩き出した。

引っ張る必要はなくなったのだから私の手を離してもいいはずなのに、結局それからもずっと繋ぎっぱなしのまま。

でも、委縮して何度も立ち止まりそうになる私にとって、和司さんの手はとても心強かった。

「ここだよ」

事もなげにそう言った和司さんは、門に備え付けのインターホンを押した。すぐに応答があって、彼が何か話をしている間、私は呆然と目の前に広がる光景を眺めていた。

「おっきい……」

自然とそんな感想が口をつく。

優美な曲線を描くロートアイアンの門扉《もんぴ》の向こうには、よく手入れされた前庭が青々と広がり、その中を石畳《いしだたみ》の一本道が玄関まで続いている。

その先に豪邸、という表現にふさわしいお屋敷がある。

外装は白を基調にしていて、所々に配された明るい色のレンガがアクセントになっている。

大きいのに威圧感がない優雅な佇《たたず》まいで、それが住んでいる人の性格を表しているように思えた。

緊張しっぱなしなことに変わりはないけれど、心の中のどこかが少しだけ軽くなった。

「じゃあ行こうか」

インターホンを押すために一度離された手が、もう一度私の目の前に差し出された。

手を差し出してくれる彼の姿が眩《まぶ》しくて、私は目を細めながらその手を取った。

強い力で握り返されたことがすごく嬉しい。

車も通れるくらい広い石畳を彼に手を引かれて歩き出す。誰かに見られたらちょっと恥ずかしいなって思ったけど、そのまま甘えることにした。

今の私じゃ、どう頑張っても、彼みたいに落ち着いた振舞いはできそうにない。

先を歩いていた和司さんが、玄関のドアを開ける。

外観で驚いたばかりなのに、今度は玄関ホールを目の当《ま》たりにしてびっくり。

二階までの吹き抜けになっていて、文字通りホールと言っておかしくない広さがある。

玄関の正面には明かり取り用の大きな窓があって、その窓の右側にはゆるく弧を描く階段。

蔦《つた》を模した装飾の手すりは、白い壁を引き立てるような黒。映画やドラマや本の中でしか見たことのないような内装だ。それがいっぺんに飛び込んできたんだから、思考停止しちゃうよね。

そんなフリーズ中の私をよそに、和司さんが「ただいま」と奥に向かって声をかける。

その声に間髪をいれず「おかえり」と「いらっしゃい」が重なった。

え？　なんでこんなに早いの？　まるで和司さんがドアを開けるのを待っていたようなタイミングじゃない？　そんな疑問を抱いたのは、私だけじゃなかったらしい。

「二人揃ってここで何してんだよ」

少し不機嫌そうな和司さんの声。それに答えたのは、ホール右側のドアから顔を出した女性だ。

「あら。お出迎えに決まってるじゃない」

ほかに何があるの、と言わんばかりの口調に、和司さんが小さくため息をついた。

「仲良さそうで安心したわぁ～」

「見てたのかよ」

彼はさらに深々とため息をついた。

見てた!? え! 手を繋いでるところを見られたと! そういうことですか!?

一気に頬《ほほ》が熱くなっていく。

「──それより早くどきなさいな。佐々木さんが中に入れなくて可哀想じゃない」

いきなり名前を呼ばれてドキリとした。和司さんのうしろに隠れるように立っている私を覗き込むように、女性が体を横に傾けた。それに合わせて、うしろで一つにまとめられている栗色の髪がはらはらと肩から落ちる。

たぶん歳は私の母と同じぐらいだと思う。だけど日本人にしては色素の薄い色の目がキラキラと輝いていて、どことなく少女のような雰囲気が漂っている。

目が合うと「ねぇ?」と悪戯《いたずら》っぽく同意を求められて困ってしまった。

その顔がどこか和司さんと似ている。

「よさないか、美恵子《みえこ》。佐々木さんが困っているじゃないか」

彼女の行動を見かねたのか、ドアの奥から現れた男性が割って入ってきた。

意志の強そうな眉。鋭い切れ長の目をした精悍《せいかん》な面立ち。『フォアフロント・コーポレーション』社長、館花隆文《たかふみ》──その人だ。

「だってー!」と拗《す》ねる女性を、苦笑いしながらなだめている。その表情はメディアに露出しているときのクールさとは全然違っていて、本当に本人かと目を疑ってしまう。

「ごめんね、雪乃。うるさくて。気にしないで入ってよ」

呆れたような、困ったような、不機嫌なような、そんな複雑な表情を浮かべた和司さんに促されて、私は玄関をくぐった。

「お邪魔します……」

和司さんの隣に並んで頭を下げる。

「紹介しなくてもわかるとは思うけど、俺の両親。——で……」

「佐々木雪乃さんでしょ！　初めまして。和司の母の美恵子です。よろしくね。お義母《かあ》さんって呼んでいいのよー？」

和司さんの紹介はあっさりと遮《さえぎ》られた。

「なら、私もお義父《とう》さんって呼んでもらおう」

館花社長がそんなことを言いつつ、にやりと笑った。

「父さんまで悪ノリするなよ！　まったく！」

「悪い悪い。——佐々木さん、すまないね。和司の父の隆文です。今日は暑い中、来てくださってありがとう。ゆっくりしていってください」

和司さんに向けていた悪戯っぽい笑みを消して、穏やかに微笑んでくれる。

「あ、は、はい！　お邪魔させていただきます」

緊張で声が裏返った。う、恥ずかしい。

「なかなか来ないと思ったら、こんなところで何をやってるんだ。和司、佐々木君、さっさと上がれ」

呆れ声と共に、ホール左側のドアから姿を現したのは館花専務。

「専務！」

思わず驚きの声を上げてしまった。

「……家で専務って呼ばれるのは、何とも微妙だな」

専務がそう言って苦笑いを浮かべたけれど、ほかに呼びようがない。

結局、専務を交えてまた立ち話になりそうだったところを、なかなか応接室に来ない私たちの様子を見に来たお手伝いさんに促されて、ようやく応接室へ場所を移した。

彼の家にお邪魔するという人生初めてのイベントに舞い上がってしまって、私はあたふたしっぱなし。それでも、館花家のみなさんは私を暖かく迎えてくれて、短い時間ながらたくさんの話をした。

館花社長はクールで隙がない印象だったけど、プライベートで話してみると、終始穏やかな笑みを絶やさず、物腰も話し方も優しい。たまに悪戯《いたずら》っぽいことを言うところが、和司さんと似ている。

美恵子さん――さすがにお義母《かあ》さんとは呼べなくて、結局こう呼ぶことになった――

は、最初の印象通り明るくて可愛らしい方だった。顔立ちは整っていて、おそらく黙っていたら冷たい印象を周りに与えてしまうくらい美しい。

でも、くるくるとよく動く表情が気さくな印象で、不思議な魅力に満ちている。

専務はお父さんに似て、和司さんはお母さんに似てるんだ。小さな発見だけど、とても大事な秘密を知ったみたいで、何だか嬉しかった。

和司さんの小さい頃や学生時代のことを聞いたり、逆に私のことを尋ねられたりして、和《なご》やかな時間はあっという間に過ぎていく。

暇乞《いとまご》いをする頃には、彼のご両親のことをすっかり好きになっていて、お別れするのが名残り惜しかった。

「明日は雪乃さんのお宅に和司がお邪魔するんだってね」

「はい」

「何か粗相《そそう》するんじゃないかと、親としては気が気じゃないよ」

館花社長が心配そうなため息をつくので、私は目を丸くした。

和司さんみたいな完璧な人が粗相なんてあるわけないと思う。

でも、ご両親としては、やっぱり心配なんだろうか？

「大丈夫だって。余計な心配しなくていいから」

憮然《ぶぜん》と和司さんが言い返す。いつも飄々《ひょうひょう》としてる彼が、子ども扱いされてるっていうことが新鮮で、つい笑みがこぼれてしまう。

「また来てね、雪乃ちゃん。そうだわ、今度はひとみさんも交えて、女同士で遊びに行きましょうよ！」

「ありがとうございます！　ご迷惑でなかったらぜひ」

「やだ、迷惑なんてそんなことあるわけないじゃない‼　約束よ」

と美恵子さんに背中を叩かれて目を白黒させると、専務と和司さんが二人がかりで止めに入ってくれたり。本当に仲のいい家族なんだなって感じる。

私の家族も仲がいいけれど、それとはまた違った感じで新鮮だった。

帰り道は格段に口数が増えた。他愛もないことを話して、和司さんと二人で笑い合う。

今朝、この道をガチガチに緊張しながら歩いて来たなんて嘘みたい。

今は、あんなに怖がらなくてもよかったんじゃないの？　と思える。冷静になって考えてみれば、和司さんと専務のお父さんとお母さんだもの。素敵な人に決まってるよね。

熱帯夜を予感させる蒸し暑さの中、私たちは汗をかきながら、それでも繋いだ手は離さなかった。

和司さんが私の今朝の様子を思い出して、おかしそうに笑うから――

「明日は和司さんが緊張する番ですからね！」

と言ってはみたものの、和司さんが緊張するところなんて想像できない。

だって、緊張して右手と右足が一緒に出るような彼なんて……

そんなことを考えていたら、繋いでいた手をぎゅっと握りしめられた。

「いたっ!?」

「雪乃が意地悪言うから仕返し」

えええええー!?

「先に意地悪言ったのはどっちですか!」

「俺、意地悪なんて言ってない。今朝の雪乃は可愛かったって意味だから」

「えっ!?」

なんでこの人は！　こういうことを！　臆面《おくめん》もなく！　言えるのでしょうか！

「そ、そんな嘘は通用しませんからっ」

真っ赤になった顔を見られたくなくて、拗《す》ねたふりをしてそっぽを向いた。

どうか夕闇が上手く隠してくれますように。

和司さんがニヤニヤと笑ってる気配がする。全部見透かされているようで悔しい。

和司さんのお宅を訪問したのは楽しかったけど、やっぱり緊張した。

そのせいか、家に着いた途端に疲れがどっと押し寄せてきた。

「ただいまー」

いつものように奥のリビングに向かって声をかけた。

するとリビングのドアが開いて、弟の将也《しょうや》が顔をのぞかせた。

「おー。姉ちゃんお帰り」

「なっ！　どうしたのその格好!?」

段ボールを抱えて頭にタオルをきゅっと巻きつけ、Tシャツは汗だく。このスタイルって……

「大掃除？」

「正解。もうさぁ、前日にこんなバタバタするぐらいなら、前もって少しずつやっとけばいいんだよ」

将也はそう言って唇を尖《とが》らせた。

確かに弟の言うことはもっともだ。

明日、和司さんを連れてくることは、もうずいぶん前に知らせてあったんだから。

「つべこべ言ってないで手を動かす！　掃除が終わらないと夕ご飯ないわよっ」

リビングから、母の怒声《どせい》が飛んできた。

「へーへー。わかったよ」

弟はひょいと肩をすくめると、抱えていた段ボールを廊下の納戸《なんど》に押し込んだ。

「お父さん、お母さん、ただい……」

リビングを覗いて、またびっくりした。

あまりに片付きすぎて――と言うより何もなさすぎて、自分の家じゃないみたい。

「お帰り、雪乃。楽しかったかい？」

床の雑巾がけをしていた父が顔を上げた。「いたた」と腰を押さえてゆっくり立ち上がる。

「うん。少し緊張したけど」

「そうか。それはよかったね」

「ありがとう。ところでお父さん、こんなに掃除しなくても大丈夫なんじゃ……」

「ああ、それがね……」

困ったような表情で、父は笑っている。

そこに母が割って入って来た。

「それがねー。普段通りでいいかと思ってたんだけど、ちょっと片付け始めてみたら、止まらなくなっちゃったのよ！」

「そうなんだ……」

母の行動力や気まぐれには慣れっこなので、私は苦笑いを浮かべた。

でも、せっかく和司さんをお招きするなら、ちゃんと綺麗にしたいもんね！

「私も手伝う。ちょっと待ってて、着替えてくるね」

「あら。ありがとー！　じゃあ、晩御飯の用意、お願いしてもいい？　台所はもうお掃除終わってるから」

「ん。了解。——晩御飯、簡単にお蕎麦《そば》かうどんでいい？」

「あ。俺、ざる蕎麦！」

いつの間にリビングに戻って来たのか、将也がひらひらと呑気に手を振っている。

「わかった。じゃあそうしようか」

「お願いするわね、雪乃。今日のこと、ご飯のときにゆっくり聞かせてね？」

「はーい」

私は着替えるために自室へ行こうとして、ふと気が付いた。リビングの入り口そばにあったマガジンラックや、小物入れ、そして電話の隣のメモセット。全部見当たらない。

「お母さん、このあたりにあった物、どこにしまったのー？」

「あー。その辺ごちゃごちゃしてたから、全部廊下の納戸《なんど》にしまったのよ」

語尾に星マークがつくんじゃないかってくらい自信満々な答えが返って来た。

えーと。普段使いするものを無理矢理納戸に押し込めたってことは。結局すぐ必要になって、引っ張り出さなきゃいけなくなって、かえって面倒なんじゃないのかな？

やんわりと母に注意をしても、

「いいの！　明日さえしのげれば、それでいいの！」

と、とても明確な答えが返って来た。迫力に気圧《けお》されて、嫌な予感がしたけれど、とりあえず引き下がった。

結局その嫌な予感は見事的中して、翌日は朝から「あれがない」「これがない」「どこにしまったっけ!?」の連続。普段の朝以上に大騒ぎになった。

お昼を過ぎてその大騒ぎが一段落したら、今度は和司さんの来る時間が迫り、やっと落ち着いたと思った家族たちが、またそわそわし始める。

和司さんを駅まで迎えに行こうとした私が最後に見たのは、ロボットみたいにぎくしゃく歩く父と、「この格好でおかしくないかしら!?」と弟に詰め寄る母と、その母にげんなりしている弟の姿だった。

う、うちの家族、大丈夫かな……

大いに不安になったけれど、今さらどうしようもない。私は三人をそのままにして外に出た。途端にむしっとした空気が体にまとわりつく。

それほど気温は高くないのに息苦しいほど湿度が高いのは、夜半から降り出した雨のせいだ。

「あ……」

どうやら私も緊張してるらしい。なぜか父の傘を手に持っていた。

ラベンダー色の自分の傘と、真っ黒な父の傘を、どうやって間違えられるのか……

私は苦笑いを浮かべて傘を交換し、それから改めて駅へと向かった。

家から最寄りの駅は歩いて十分もかからない。

あいにくの雨とはいえ休日だし、遊びに行くために駅へ向かう人は少なくない。

駅から吐き出される人の数より、吸い込まれる人の方が圧倒的に多かった。

私はそれらの人々の邪魔にならず、かつ改札口から出てきた和司さんに見えるような位置に陣取って彼を待った。

外では強くもなく、かといって弱くもない雨が延々と降り続いている。

雨の日は嫌いじゃない。でも、こんな日に和司さんに来てもらうなんて悪いことしちゃったな。

雨の予報は数日前から出ていたし、延期すればよかったかなぁ。

小さくため息をついていたら、くしゃりと髪をなでられた。

驚いて見上げると、和司さんが私を見下ろしている。

え？　いつ来たんだろう？

「お待たせ」

「和司さん！　ほ、本日は足もとがおわわ……ッ!?」

言い慣れないことを口にしようとしたせいで、思い切り呂律《ろれつ》が怪しくなった。舌を噛まなかっただけマシかもしれない。

そんな私の様子に和司さんが噴き出した。

「そんな堅苦しい挨拶はいらない。普通にしてよ、普通に」

「う……！　じゃあ、普通に、ですね。普通に。えーと。天気が悪いのに、ごめ——じゃなくて、ありがとうございます」

うっかりごめんなさいを言うところだった！

こういう場面でごめんなさいって言うと、厳しく突っ込まれてしまう。危ない危ない。

家までの十分間。会話は雨と傘のせいで途切れがちだった。傘があるぶん、彼との距離が遠くて少し寂しい。手を繋いだり、密着して歩くことに慣れていたんだなと改めて気が付いた。

暑くなってもいい。照りつける太陽にじりじり肌を焼かれてもいい。だから雨、止んでくれないかな。

「雪乃と手を繋がないと落ち着かない」

隣を歩く和司さんが、ぽつりとそんなことを呟《つぶや》く。

彼も私と同じように思っていてくれたんだ。

それが嬉しくて、じわじわと顔が熱くなってくる。

「あ……私も同じようなことを考えてました」

私の方を覗き込むようにしていた彼は、驚いたように一瞬目を丸くして、そしてふわりと笑った。

それは見ている私まで幸せになるような笑顔だった。

まずい。またた。事あるごとにこうやって、何度も何度も「彼が好きだ」って認識させられている。一つひとつは些細《ささい》なことなんだけど、そのたびにどんどん深みにはまっていく。人を好きになるって、本当に厄介だ。

「濡れちゃいますから、急ぎましょう。ね？」

いつまでも雨の中にいるわけにはいかない。不意に湧き起こった甘い感情を振り払って、私はつとめて明るく聞こえるように彼を促した。


とりあえず、その後は大変だった……

緊張しまくって不審人物化する父、同じく緊張しまくって饒舌《じょうぜつ》になる母、やけに無口な弟。

特に将也には困った。一見にこやかにしてるんだけど、時々見え隠れする不機嫌そうなオーラ。

それも「隠しきれてない」のではなくてワザとやっているようだ。

後できつく注意しておかなきゃ。和司さんに失礼過ぎる。

和司さんも将也の態度に気付いているみたいだけど、完全スルー。

それがなおさら気に入らないらしくて、どんどん将也の不機嫌さが増していく。

和司さんがお土産《みやげ》に持ってきてくれた『リフージョ』特製ティラミスとアマレッティの話題で盛り上がっているときも、将也は一人黙々と食べていた。

膨《ふく》れながらも食べてるってことは、美味しいんだよね。ふふん。どうだ、参ったか！

自分の手柄でも何でもないけど、してやったりって気分になる。

「ねぇ、将也。美味しいでしょ？　うちの会社の近くにあるお店なんだよ。今度一緒に行こうか？」

「う、うん。まぁ……そのうち」

返事も煮え切らない。

いつもの将也だったら「じゃあ、姉ちゃんのおごりで！」くらいの台詞《せりふ》が返って来るはずなのに。

いったい何を考えているんだろう？

単純でわかりやすい性格だと思っていたけれど、急に弟のことがわからなくなった。

盛り上がっている両親と和司さんの姿を一歩引いた目で見ている。

将也が人見知りするなんて信じられないけど、単なる人見知りでそんな態度になるのか、それともほかに思うところがあるのか。弟の顔を見つめて観察しても、結局何も読み取れなかった。

煌々《こうこう》と照らされたマンションのエントランスを、和司さんと連れ立って歩く。

夕食前に帰る予定だったのに、父母に引き止められ、その揚句《あげく》に父の晩酌《ばんしゃく》に付き合わされ、和司さんの帰宅は随分と遅くなってしまった。

父も母も彼と意気投合したらしい。それはよかったけど、今度は逆の意味で気が気じゃなかった。

特に母が厄介で、ちょっと目を離したすきに昔のアルバムとか、小学生のときに書いた絵や作文とかを引っ張り出してくるんだもん。そう言えば、昨日は和司さんが同じような目にあってたっけ。

そのときは「何で隠すのー？　小さい頃の和司さんの写真とか見たいのに！」って思ったけど、いざ自分が同じ目にあってみて、それがとんでもなく恥ずかしいことなんだってわかった。

昨日の私、和司さんに謝れ。でもまぁ、今日は私が止めるのにも耳を貸さずに楽しそうに色々聞いてたし、おあいこかな？

「お土産《みやげ》ありがとうございました。『リフージョ』へ寄ってから来てくれたんですね」

「え、あ、ああ……」

いかにも上の空な返事。視線を遠くに投げたまま、何か考え事をしているみたい。彼の視線の先を辿っても、何もない。

「どうしたんですか？」

「――ごめんね」

え？　謝られるようなことなんてあったっけ？　思い出せない。

和司さんは苦笑いを浮かべながら、首をかしげた私の頬《ほほ》をするりとなでた。

「この前さ、君に結婚してって言ったでしょ。あれ。やっぱり性急すぎたよな、って反省してる」

それは……なかったことにしたいってことなんだろうか？

保留にしてほしいなんて言っておきながら、いざ「やっぱりナシ」って言われるとショックだった。顔から血の気が引いていくのがわかった。

和司さんがぎょっとしたように目を見開いた。が、すぐにその原因に思い至ったらしい。

「あ、違うから！　雪乃が考えてるようなことじゃないから！」

すごい勢いで二の腕を掴まれた。そのまま腰を屈《かが》めた彼は、私の目を覗き込むように先を続ける。

「俺は今でも雪乃と結婚できたらいいなって思ってる。それは変わらない」

「は、はぁ……」

勢いに呑まれながらも、とりあえず私の取り越し苦労だったことはわかった。ほうっと息をつくと、今度は自分の勘違いが恥ずかしくなって、逆に顔に血が上ってきた。

「うまく言えないんだけど、君の家族に会ってわかったんだ。君は君だけの君じゃない。君には君を大事に思っている家族がいる。それでさ、『結婚』っていうのは家族や親戚や――そういう周りのことも考えてするものなんだよね。俺はそれがわかってなかった」

そこまで一気にまくし立てて、彼は体を離した。

途方に暮れたように遠くを見て、それからもう一度私に視線を戻す。

「この前雪乃が躊躇《ちゅうちょ》した気持ち、今ならわかる気がする。お互いの家族にも会ってないのに気持ちを決めてくれとか、ガキっぽいこと言って本当にごめん。これから先のことをちゃんと考えるなら、急がずに段階を踏むべきだった」

背筋を正した和司さんが小さく頭を下げる姿を、私は呆然として見つめた。

そんな風にちゃんと考えた上で、「考えさせてほしい」って言ったわけじゃない。

ただ単に私が臆病すぎて、一歩を踏み出せなかっただけなのに。

「そこまで考えてたわけでは……」

訂正しようとした私の両手を、和司さんがそっと握った。

「いや、いいんだ。雪乃にその気がなかったとしても、結果的に俺が突っ走るのを止めてくれたわけだよね。この先、俺が暴走しそうになったときに雪乃が隣にいてくれたら、きっと冷静になれると思う。今回みたいにね」

そこでいったん言葉を区切った彼は、少し困ったような顔をして小さく笑った。

「情けない話だけど、やっぱり君が隣にいてくれないと俺は駄目みたいだ。だから、改めて雪乃にお願いしたい。結婚について真剣に考えてほしい。答えはゆっくりでいいから」

彼は真剣な目をしていた。いつもの飄々《ひょうひょう》とした彼からは想像もつかないくらいに。そんな彼に何と声をかけていいのかわからなくて、私はただ無言でうなずいた。

和司さんは安心したような表情で「ありがとう」と小さく呟《つぶや》いた。

しばらく無言で見つめ合った後、先に口を開いたのは和司さんの方だった。

「そろそろ帰るよ。今日は楽しかった。ありがとう」

私の手から彼の温《ぬく》もりが消えていく。蒸し暑い夜なのに不思議と心地よかったその熱が、驚くほどあっさりと去って、名残り惜しい気持ちだけが残る。

「また明日。ね？　——そんな顔しない。帰りたくなくなるだろ！」

「駅まで送っていっちゃダメですか？　まだ八時ですし……」

「ダメ。絶対にダメ！」

頑《かたく》なに拒否する和司さんに少し呆れる。と同時にわずかな反発心も生まれた。

「でも、残業したらもっと遅くなる日もありますよ？　だから、今ぐらいの時間はどうってこと……」

「なくない！　暗くなったら危険なの。本当は残業だってしないでほしいくらいだけど、仕方ないからそういう日は絶対に人通りが多くて明るい道を使って帰ること。できればお父さんか、将也君に迎えに来てもらうこと。いいね？　約束して」

そんな大げさな……と思ったけど、和司さんのいつになく真剣な様子に、私は慌ててうなずいた。

「本当は俺がついていられればいいんだけどね。来月からはもう……」

そうだった。来月から和司さんは『フォアフロント・コーポレーション』に戻るんだ。あと半月もすれば一緒の場所で働けなくなる。

「心配しないでください。ちゃんと約束守りますから。ね？」

そう言ってもまだ心配そうにしている和司さんを何とかなだめすかして、エントランスから見送る。

「途中で迷いそうになったら電話してくださいね？」

心配になって声をかけた私に、和司さんは足を止めて振り返った。

「大丈夫、わかりやすい道だったから、もう覚えた」

じゃあ、と軽く手を上げる彼に、「おやすみなさい」と手を振り返した。彼は踵《きびす》を返すと今度は一度も振り返らなかった。

私はその場から動くことができずに、その広い背中が見えなくなるまでじっと見送った。

明日も会社で会えるのに、やっぱり別れる瞬間は寂しい。

早く明日の朝にならないかな。

長いため息をついて、私は俯《うつむ》きながら家に入った。

「ただいま」

玄関先で声をかけて、リビングに戻る。そこでは父が上機嫌で晩酌《ばんしゃく》を続けていて、台所では父の話に付き合いながら母が後片付けをしていた。

「将也は？」

洗い物を手伝うためにエプロンをつけながら母に尋ねると、

「さぁ？　部屋じゃない？」

と素っ気ない返事が返って来た。確かに将也は晩御飯の後は部屋へこもることも多い。

けれど、父が晩酌をするときはたいてい付き合うのに？

やっぱり今日の将也は変だ。あとでゆっくり話をしなきゃ。

片付けが一通り終わった後、父と母、私の三人でお酒を飲みつつ色々な話をした。

両親のテンションも落ち着いてきたので、私も肩の力を抜いて二人に付き合うことができた。

しばらくの間は雑談に興じていたんだけど、

「そう言えば、私は雪乃の歳にはもうお父さんと結婚していたのよねぇ」

そんな母の一言から二人の思い出話に発展して、だんだん私がお邪魔虫な雰囲気になってきたので、退散することにした。時計はもう十時を指している。

明日は仕事だし、そろそろお風呂に入って休もうかな。

部屋に戻って用意しようと思ったら、廊下でお風呂から出てきた将也とばったり会った。

前髪からぽたぽたと雫《しずく》が垂れている。

「ちゃんと拭きなよ」

首に無造作にかけていたタオルを強引に奪って、将也の濡れた髪をゴシゴシと拭く。

「いてっ。自分でやるから！」

私からタオルをひったくって、将也は渋々自分の髪を拭き始めた。最初からそうやって自分で拭けばいいのに。

「姉ちゃん。——姉ちゃんは本当にあの人がいいの？」

乱暴に髪を拭《ぬぐ》っていた将也の手が止まって、やけに真剣な声がタオルの下から聞こえてきた。

「俺は反対。あいつ、人当たりよすぎて胡散臭《うさんくさ》い」

胡散臭い!?

「将也！」

まさか言葉の意味を取り違えてるわけじゃないよね？　たしなめる声が思わずきつくなった。

「あんな派手な人と姉ちゃんじゃ釣り合わないよ。やめときなって」

将也の言葉がぐさりと胸に突き刺さった。

「釣り合わない」――そんなこと言われなくてもわかってる。

だから深山さんだってあんなことをしたんだし、ほかの女子社員からだって陰口を叩かれた。

そういうことは今はなくなったけれど、それでも生々しく記憶に残っている。

「そんなの、将也に言われなくたってわかってるよ」

「あ、おい、ちょっと待って、そういうことじゃ……」

「――どいて」

私は将也から逃げるようにして、自分の部屋に駆け込んだ。うしろから引き止めるような声が聞こえたけれど、これ以上何か言われたら怒鳴ってしまいそうで、怖くて振り返れなかった。

部屋のドアを閉めて、その勢いのままベッドに飛び込む。

将也の言葉が頭の中をぐるぐる回る。わかっていても身内に言われるのって結構ショックだ。

家族には応援してもらいたかったなんて単なる私の我儘《わがまま》だし、裏切られたような気分になるのは八つ当たりだってわかってるけど、それでもやっぱり辛かった。

将也は親切で言ってくれたんだよね……

私は枕を両手で抱いて、ごろりと仰向けになった。天井からつり下がったライトを意味もなくじっと見つめていると、大きなため息が出た。

さっきまでの楽しかった気分がすうっと消えて、どんどん気分が落ちていく。

深山さんとの一件は、心配をかけたくなくて家族には話していない。できれば両親にはずっと黙っていたい。でも、私と一緒に盗撮された将也にはいつか話さなきゃいけないよね。私が将也の立場だったら、黙っていられるのは嫌だもの。

けれど、この状況じゃ、しばらくは打ち明けられそうもない。

将也が和司さんに対して悪い先入観を持ってしまいそうな気がして、今まで話せないでいた。

二人が顔を合わせさえすれば、案外簡単に話せるんじゃないかって楽観的に考えてもいた。

だけど、蓋を開けてみたら、顔を合わせる前よりよくない状況になってる。

和司さんは家族を含めて私を見てくれるって言ってくれたけど、私にとってはそれが何だか厄介に思えてしまっていた。周りに振り回されないで、自分の気持ちだけで彼と向き合えたらいいのに――なんて思うのは自分勝手だろうか。

和司さんに出会う前にもっと経験を積んでいれば、こんなことで悩んだりしなかったのかな。

私はもう一度大きなため息をついて、それからゆっくり体を起こした。

「お風呂、入んなきゃ」

お風呂でさっぱり汗を流して、今日はもう寝ちゃおう。疲れてるんだ。だから気持ちが暗くなる。明日の朝、目が覚めたらきっと気分はもとに戻るだろうし、何かいい案が浮かぶはず。

のろのろと支度をして廊下に出ると、当たり前だけど誰もいなくて、リビングから小さな話し声が聞こえるだけ。楽しげな笑い声を遮《さえぎ》るように脱衣所の扉を閉める。

洗面台の鏡に映った自分の浮かない顔を見て、私はわけもなく苛立った。

◆　◆　◆

雪乃の家の最寄駅にたどり着くと、電車の到着を告げるアナウンスが流れた。蒸し暑い空気を裂くように到着した電車に乗り込み、俺は手近な席に腰を下ろした。

乗客はまばらというほど少なくはないが、立っている人が見当たらない程度には空いている。

時折大きく揺れるものの、基本的に単調な電車の揺れは心地いい。目を瞑《つぶ》ればふっと眠りに落ちてしまいそうだが、すぐに乗換駅に着く。眠ってしまわないように気をつけないと。

向かいの座席には誰も座っておらず、窓には少し疲れたような、それでいて満足そうな自分の顔が映っている。

今日はいい一日だった。雪乃の家は思っていたよりもずっとずっと居心地がよくて、当初の予定よりも大幅に長居をしてしまった。厚かましい奴だと思われていなければいいけど。

優しいお父さんと明るいお母さん、そして姉思いの弟、将也君。彼らに囲まれていつもより子供っぽい雪乃。思い出しただけで頬《ほほ》が緩んだ。

夕食が終わり、雪乃が片付けのために席を外したときだった。

「ねぇねぇ和司君、雪乃がいないうちにちょーっと聞きたいんだけどいい？」

「何でしょうか？」

「あのね、あのね、雪乃のどこが好きなの？」

楽しそうに笑う雪乃のお母さんに何気なくそう聞かれて、危うくビールを噴き出しそうになった。

まさかこんなタイミングで聞かれるとは思っていなかった。油断していた。

目を白黒させる俺の向かいでお母さんは答えを待っている。その横ではお父さんまで興味深そうな顔をして俺を見ている。

将也君は仏頂面をますます深めた末、「食器洗い、手伝ってくる」と席を立ってしまった。その不機嫌そうな顔を隠そうともせずに。

「ちょうどいいわ。雪乃のことをきっちり引きとめておいてね？　頼んだわよ！」

と小声でささやいて将也君を送り出すお母さん。そんな扱いに慣れているのだろう、将也君はいかにも不愉快そうなため息をつきながら、わかったと返事をしてキッチンへ消えた。

「さ、これで大丈夫よ。聞かせてくれる？」

どうやっても逃げることは無理そうだ。まぁ逃げる気もないけどね。

「好きじゃないところを探す方が難しいので、どこからお話しすればいいのか迷います」

と正直に答えたところ、「きゃー！　やだー!!」と黄色い悲鳴が上がり、彼女の隣に座っていたお父さんが肩を何度も叩かれる被害にあった。「いたた……」と言いながら苦笑いを浮かべている。

申し訳ないことをしたかなと心配になったが、しかし俺の視線に気づいた彼は、気にしなくていいというふうに小さく手を上げてうなずいた。

「母さん、落ち着きなさい。――和司君、うるさくしてすまないね。不躾《ぶしつけ》なことを聞いて申し訳ない。でも、私も家内も実は少し心配でね」

「心配……」

彼の言葉に俺は思わず姿勢を正した。

「その……あの子は私たち親から見ても、そう目立つ容姿ではない。それにもかかわらず、どうして君のような男性の目に留まったのか不思議なんだ。あの子は君との馴れ初《なそ》めを教えてくれなくてね。親としてはやはり不安になってしまうんだよ」

悪く思わないでほしい、と締め括《くく》った彼は、俺の顔をまっすぐに見ていた。

穏やかな口調の中に雪乃を思う強い気持ちが見えて、俺は表情を改めてうなずいた。

雪乃が俺との馴れ初めを話さなかったのは、例の来客の前で転んだ一件を話すことになるからだろう。

それに嫌がらせの件も話さなきゃならないから、家族の心を痛めるのが忍びなかったのだろう。

「雪乃さんのことが気になりだしたのは、もうずいぶん前のことなんです。勤務しているフロアは違いますが、総務の彼女とは仕事上やり取りをすることがあります。その際に細やかな気遣いをしてくれて、それで『いい子だな』と思って、どんどん彼女のことが気になっていったんです」

その頃、雪乃が俺をどう思っていたかは知らない。

けれど、俺が好きになったのはそういう彼女だ。

「そして彼女を知っていくうちに、ただ優しいだけの女性じゃないってことがわかりました。こうと決めたら簡単に折れたり曲がったりしない強さも、努力を怠《おこた》らない生真面目さも、全部好きなんです。決して軽い気持ちで彼女と付き合っているわけではありません。これだけは信じていただきたいと思います」

俺はご両親に向かって深く頭を下げた。

「――どうか顔を上げてほしい。それを聞いて安心したよ。娘はいい男性と出会ったようだ」

頭を上げると、泣き出しそうなお母さんと、穏やかに笑っているお父さんがいた。

「いや、今のだけでそう思ったわけじゃない。今日一日君と話をした上で、そう思ったんだ。あの子をどうかよろしくお願いします」

そんな言葉のあとに、ご両親が揃って深々と頭を下げたので、俺は慌ててそれを止めた。

大切に育てられて、家族に愛されている雪乃。

彼女を傷つけるようなことは絶対にしたくない。二人の姿を前にして、俺はそう心に決めた。

「あれ？　何？　どうしたの、静かになっちゃって」

すると、雪乃の不思議そうな声が響いた。

夕食の後片付けが終わったらしく、将也君とリビングの入り口で不思議そうに立っている。

「何でもないのよ」

というお母さんの声が少し裏返っていた。

雪乃と将也君は顔を見合わせて首をひねりつつも、空いた場所に座っておしゃべりを再開した。

今日の出来事を思い出しているうちに、電車は乗換駅に到着した。

人のまばらなホームを急ぎながら、またあの温かい家にお邪魔できることを願っていた。

将也君と打ち解けるにはまだ時間がかかりそうだけれど、彼が俺を嫌うのは、姉である雪乃を大事に思っているからだろう。

雪乃が大事という気持ちは俺も彼も変わらないから、いつかきっと認めてもらえる日が来る。

楽観的にそう思えるのは、彼が俺を嫌いだと態度に出していても、部屋に閉じこもらず、家族と一緒に俺の話を聞いてくれていたからだ。

チャンネルを閉ざされてしまえば歩み寄ることはできないが、彼は聞く耳を持ってくれている。

「何とかなるさ」

つい口から独り言が漏れた。隣を歩いていた男性が不思議そうな顔をしてこっちをチラリと見たが、上機嫌の俺はまったく気にせず、歩調を速めた。

## 5

毎年のように記録的な猛暑って言うけれど、やっぱり今年もテレビではその言葉を連発している。毎年毎年記録的って、あと十年もしたらどんな気温になっちゃうの？

お盆を過ぎても一向に暑さが衰えず、気温と共に不快指数も跳ね上がった通勤路を、うんざりしながら歩く。

そんな日々を過ごしていると、九月があっという間に近づいてくる。

社内で見かける和司さんは、日々の仕事に加えて、移籍の準備に忙しそうだった。ちょっとした休憩時間のたびに、彼は同じ営業部門の人に囲まれている。彼がいなくなることを残念がったり、思い出話に花を咲かせたり。私はそれを遠巻きに眺めながら、通り過ぎるしかない。

「あのときは大変だったよな!」

「あー、あのときね、あれは本当に参った」

「そうそう、だってさあ……」

そんな会話が漏れ聞こえてくるたびに、何で私の配属は営業じゃなかったんだろう、なんてため息が出る。

あの人たちみたいに、和司さんと苦楽をわかち合って、困難なプロジェクトを成功させて、また新しい仕事に打ち込んで……そんなことができたらよかったのに。

「急ぎで」と秘書室から降りてきた仕事を終えて、それを秘書室長に渡したのは終業時間を少し過ぎてからだった。

秘書室のある九階の窓からは、暮れていく綺麗な空が見える。総務課のある三階の窓からは向かいのビルが見えるだけだ。向こうのビルの人と目が合うと気まずいので、ブラインドを一日中閉めっぱなしにしている。だからデスクで仕事をしているときは、空模様はわからない。

こんな綺麗な夕暮れが会社で見られるなんて知らなかった。

頼まれた仕事は終わったし、後は課長に報告をして、着替えて帰るだけ。

ちょっとだけ、ほんのちょーっとだけ屋上に寄り道してもいいかな？

あと十分もしたら夕暮れは終わって、夜空になっちゃう。

私は急いで非常階段を上った。役員室のある十階の上が屋上だ。

扉を開けると、ムッとした雨の匂いと湿気、それから赤と紫と青の見事なグラデーションに染まった空が広がっていた。黒い雲がところどころに見えているのは夕立の名残りかもしれない。

「雨、降ってたんだ」

コンクリートは雨に濡れて黒ずんでいるし、あちこちに水たまりができている。

相当激しく降ったみたいなのに、全然気が付かなかった！

帰宅時間前に止んでくれてよかったなぁなんて考えながら、空が一番綺麗に見える場所を探した。

制服を濡らさないように気を付けながら、少しだけ手すりから体を乗り出してみると、ビルとビルの間にオレンジ色に輝く太陽がちらりと見えた。

きっとすぐビルの間に消えてしまうだろう。ほんのわずかの間でも夕暮れの空を見ることができてよかった。

オレンジ色の太陽はまたたく間に消えて、後には残照だけが残る。西の空を染めている光は物悲しい美しさだった。まだまだ暑さは厳しいのに、どこか夏の終わりを感じさせる空だ。

もうすぐ、秋が来るんだ――

「こんなとこで何してるの？」

不意に背後から声をかけられて、温《ぬく》もりが私の背を覆《おお》った。

「館花さん？」

私の問いに、くすりと笑い声が重なった。

「誰もいないのに、苗字呼び？」

「会社では館花さんって呼ぶことに決めてるんです！　そうやって呼ぶ機会ももうすぐなくなっちゃいますし、名残り惜しいので今のうちにたくさん呼んでおこうかと」

「えー。そういうことなら、いつでもそう呼んでくれてもいいのに」

嘘ばっかり。プライベートで苗字呼びしようものなら、文句言うくせに！

傍《はた》から見たらむず痒《がゆ》くなるような会話を繰り広げているうちに、空は夕焼けのオレンジ色から夜の闇色へと変化していく。

「そろそろ戻ろうか」

「――そうですね」

まだこうやっていたいけど、もう戻らないと。

すると次の瞬間、私は背後からぎゅっと抱きしめられた。首筋に彼の唇と吐息を感じる。

「え!?　ちょっと!!」

「ごめん。少しだけでいい。こうしていたいんだ」

「ここ、会社ですよ！」

終業時間を過ぎたからって、誰かに見られたらどうするんですか！

腕を外そうとしてみても、和司さんの力が強くてほどけない。

「うん。わかってる。ごめん」

そう言いながらますます私の首筋に顔を埋めてくる。

熱い吐息がかかって、背筋をぞくりとした感覚が走り抜けた。

「離して、ください……」

咎《とが》めるつもりだったのに、懇願するようなかすれた声になった。

和司さんはもう一度「ごめんね」と呟《つぶや》いてから、ようやく私を解放した。

「今日も遅くなりそうだから一緒には帰れない。もう暗いから気を付けて」

「心配し過ぎですよ」

和司さんの心配は大げさに思えたけれど、真剣な彼の眼差しに気付いて、私は笑顔を作るのをやめた。

「――明るくて人通りの多い道を歩くように、ですよね？　ちゃんと守ります」

それでも和司さんはまだ何か言いたげな表情を浮かべていたけれど、あまり遅くなるのは本末転倒だと思ったのか、ゆっくりと瞬きをして、小さく息をついた。

「わかってるんならいいんだけど。いつもは慎重すぎるくらい慎重なくせに、いざとなると突拍子もない行動に出るからなぁ。安心できないんだよね」

まるでイノシシ扱いだ。

「私がいつそんなことを!?」

「んー。聞きたい？」

聞きたくない！　恥ずかしくなって逃げたくなるから絶対聞きたくない！

ついさっきまで漂っていた、甘くて切ない空気はもう霧散していて、後に残ったのはいつも通りの私たちだった。二人で室内に戻りながら、言い合いという名のじゃれ合いが続いている。

こんな日々は残りほんのわずか。その事実が小さな染みとなって私の心の片隅に残った。

猛暑に終始した八月が終わって九月に入っても、今度は残暑が厳しく、暑さは一向に収まる気配がなかった。

一見、八月と変わらない日常だったけれど、和司さんの姿は会社から消えた。

和司さんが使っていたデスクには違う人が座り、内線表からも名前が消えた。

八月の終わりに飯沼《いいぬま》課長から異動の情報をもらって、内線表の担当をしている私は新しく表を作り直した。

彼の苗字を消して、後任の名前を書く。

たったそれだけのことなのに、胸のあたりがじんと疼《うず》く。

今まで機械的にしてきた作業なのに、いつもと違って重く感じられて、ため息が出た。

異動に関する私の仕事はそれで終わったけれど、同僚たちから「寂しくなるね」と言われて気恥ずかしかった。

それに、私たちの仲ってそんなに広まってたのかと驚いたりもした。

直属の上司である飯沼課長も総務課員のみんなも、素知らぬふりをしてくれていたらしい。

それが、とてもありがたかった。

変わらない環境に身を置き続ける私とは違って、新しい環境に飛び込んだ和司さんは忙しいに違いない。

土日もほとんど家にいないみたいだった。じゃあ、食事の作り置きだけでもって伝えてみたら、家で食べることがないからいいという返事が来た。

付き合い始めてから、一週間以上顔を合わせないのなんて初めてだ。

でも、これが日常になるんだろう。早く、慣れなくちゃ。


和司さんに続いて、九月末には加瀬さんが退社する。

正確に言えば、退社前の有給消化に入るんだけど。

十一月に結婚式を控えた寿《ことぶき》退社だ。

めでたいことなのに、やっぱり親しい人が辞めるのは寂しい。

九月なかばの金曜日の夜、友達の美香ちゃんと受付の吉成さんと一緒に、加瀬さんの送別会を企画した。場所はいつも通りというか何というか……『リフージョ』です。

加瀬さんと私は結構常連なんだけど、美香ちゃんと吉成さんはまだ訪れたことがない。

オーナーの俊一さんが、館花専務と和司さん兄弟の、従兄弟《いとこ》にあたる方だと話したら――


「そのオーナーに会ってみたい！」

と、美香ちゃんも吉成さんも口を揃えたので、『リフージョ』に決定しました！

話題のオーナーが、館花専務と和司さんを足して二で割ったようなイケメンだと、美香ちゃんが大いに盛り上がり、その隣では吉成さんが黙々とメニューに目を通す。

加瀬さんと私はそんな二人を目の当《ま》たりにして、こっそり笑いあった。

お料理に舌鼓《したつづみ》を打ちながら、七月にオーダーしたウェディングドレスやブーケの話なんかをしているうちに、あっという間に時間が過ぎた。

私の親しい友人の中では加瀬さんが一番最初に結婚することになるので、式の準備の話は初めて聞くことばかり。

大変そうだなぁと思ったけれど、それよりも幸せそうでいいなぁって、羨《うらや》ましかったりもした。

お開きになったのは、終電にはまだ間があるけど、ちょっと遅い時間。電車で帰れないこともないけれど、いい感じに酔っ払った美香ちゃんが心配で、結局タクシーを呼んでもらうことにした。

同じ方向に帰る吉成さんに美香ちゃんを任せて、二人が乗ったタクシーを見送る。

ちょうど二台目のタクシーが来たので、今度は加瀬さんと私が乗り込む。

先に乗り込んだ加瀬さんが、運転手にてきぱきと行き先を告げる。

週末、特に用事がない私は、誘われて彼女のお宅にお泊まりさせてもらうことになっていた。

明日はそのまま二人で遊びに出かける予定なので、今日の私は大きめのバッグにお泊まりセットを詰め込んで出勤した。

加瀬さんが一通り指示を出し終えて、車がゆっくりと動き出す。

「ごめんね。今日のうちに政義さんに渡しちゃいたいものがあるから、ちょっと寄り道していいかしら？」

「政義」は館花専務の名前だ。私は一も二もなくうなずいた。

『フォアフロント・コーポレーション』のビルの前にタクシーを止めて、加瀬さんが携帯を手に小走りでビルの入り口へと急ぐ。

そこには館花専務の姿があった。

背が高くてがっしりとした専務と、華奢《きゃしゃ》で女性らしい丸みを帯びた加瀬さんが並ぶと、ドラマか映画のワンシーンのようだ。

タクシーの中でぼんやり待っていると、すぐ目の前に黒塗りの車が一台、止まった。中から男性と女性が一人ずつ降りてくる。

見間違いようもない。男性の方は和司さんだ。

連れの女性と親しそうに話しながら、ビルの入り口へ歩いていく。

そして、ちょうど館花専務と加瀬さんと行き交うと、和司さんは回れ右をして、こちらに真っ直ぐ戻ってきた。

彼と一緒だった女性は途中で立ち止まり、和司さんを待っているようだ。

街灯の明かりで彼女の顔がはっきり見えた。涼しげな眼差しの綺麗な人。少しきつい印象だけど、それも魅力だ。

穏やかな笑みを浮かべた雰囲気が、どことなく秘書課の人たちに似ている気がした。

私の座っている座席の窓を、和司さんがこつんと指で叩いた。その音で我に返って窓を開ける。途端に、蒸した空気が車の中に流れ込んできた。

「雪乃、久しぶり」

にっこり笑う彼の顔に、若干《じゃっかん》疲れの色が滲《にじ》んでいる。こんな遅くまで働いているんだから、それは疲れてるだろう。

「お久しぶり……です、和司さん」

みんなと楽しく飲んできたし、これから加瀬さんのお家に遊びに行くし、明日だって遊ぶ予定の私は、うしろめたくて返事が濁《にご》った。

「大丈夫ですか？」の一言が喉《のど》につかえている。彼の体調が心配なのは確かだけど、遊んでいる私が言っていいことじゃない気がして。

「今日はひとみさんのところに泊まるんだって？　明日も彼女と遊びに行くんだろう？　楽しんでおいで」

「はい……」

屈託《くったく》のない笑顔で言われて、ますますうしろめたい気持ちが湧いてくる。

「あの、和司さん……今日は……？」

「ああ、俺？　もうちょっとかかりそうかな。大丈夫。終わったらすぐに帰って寝るよ。実家に戻るつもりだから、飯の心配もないさ」

あんまり俺に気を使うなよと苦笑いされて、図星を指された私は何も言えなくなった。

「とにかく雪乃は俺のことなんて気にしないで遊んでくること。来週あたりは休めると思うから、また連絡する。おやすみ」

怒涛《どとう》の勢いでそれだけ言うと、彼は車から体を離して去って行った。

彼は女性と合流してビルの中へ消えていく。去り際に、女性がこちらに向かって軽く会釈をした。その洗練された所作に、私は自分の垢抜《あかぬ》けなさを痛感してしまった。

あんな綺麗で素敵な人と一緒にいたら、私なんて……。そんな気持ちが湧いてくる。

そんなことない。大丈夫だ。どれだけそう思い直そうとも、もやもやが湧き上がってどうしても消えない。

専務と別れた加瀬さんが戻って来て、和司さんと一緒にいたのが秘書課の人だと教えてくれた。

「ああ、やっぱり」と呟《つぶや》いたら、加瀬さんに「どうしてそう思ったの？」と聞かれたので、「綺麗だし、洗練されてるから」と答えた。

その途端、「もう少し自分に自信を持ちなさいよ！」という叱咤《しった》と共に脇腹に軽い肘《ひじ》鉄《てつ》が入って、目を白黒させる羽目になった。

平常心を保って普通に答えたつもりだったんだけど、加瀬さんに言わせてみれば――

「あんな綺麗な人がいつも一緒だったら私なんて忘れられちゃう！　なんて思ってるんでしょ⁉　バレバレなのよ。もう！」

ということだった。

「帰ったら、自信を持つための自分磨きの方法を特別にレクチャーしてあげるから。覚悟なさいね？」

ふふふと低く笑われて、腰が引けた。もう深夜なのにー！

今から講義受けてたら夜が明けそう！

でも、「そう簡単には寝かせないわよ～」なんて、楽しそうに言っている加瀬さんに反論する勇気は……ちょっとありません。

もしかして、顔には出てないけど加瀬さんも美香ちゃんぐらい酔ってるんだろうか。

「明日は式のときの小物を見に行くんですよね？　あんまり遅くなると……」

「あら？　それもそうね。じゃあ今から始めましょうか。雪乃ちゃんはね……」

藪蛇《やぶへび》でした！

加瀬さんは親元を離れて一人暮らしをしている。

「会社までの距離と、セキュリティを重視したから少し狭いんだけど……」

加瀬さんの言葉に、都心のビジネスホテルのシングルくらいの大きさを想像していた私は、見事に裏切られた。

「うわあ綺麗！」

白を基調としたお部屋はシンプルで、ショールームみたい。元から広いけど、実面積以上に広々と見える。

「んー。収納多いから、片付けは楽ね。それに色々処分もしたしね」

加瀬さんは幸せそうに、でもほんの少しだけ寂しそうに笑った。

早々に部屋着に着替えた私たちは、そのままお喋りに突入。

日付が変わるまで、自分に自信を持つ心得を拝聴して就寝した。

翌朝は予想以上に気持ちよく目が覚めた。東南向きの間取りだったようで、朝日が眩《まぶ》しいくらいに入ってくる。

これでは寝坊をする方が難しいかもしれない。

加瀬さん特製のガレットが朝食。てきぱきと作る彼女のお手伝いをしながら、レシピを教えてもらった。

今度、和司さんのところにお泊まりしたら作ってみようかな。

「ねぇ雪乃ちゃん」

朝ごはんを向かい合って食べながら、急に思い付いたように加瀬さんが顔を上げた。

「何ですか？」

「その『加瀬さん』って、そろそろやめない？」

「あ」

そうだ。もうすぐ加瀬さんは加瀬さんじゃなくて、館花さんになるんだった！

「館花さん」は色んな意味で呼びにくい。とすると……

「ひとみ、さん？」

「はーい。それでよろしい」

おどけた口調でにっこり笑うので、つられて私の頬《ほほ》も緩んだ。

加瀬さん……じゃなくてひとみさんって本当にお姉さんみたいだ。

私には兄も姉もいない。だからひとみさんがお姉さんだったらよかったのになぁ、なんて思う。


今日は、例のお友達のお店にお願いしていた小物が全部揃ったから、確認しに行くという予定だった。

一つひとつじっくり見て、お昼ぐらいまでかかるかなと思っていたのに、実際お店にお邪魔してみたら、どれも即決だった。

短時間のうちに、リングピローとガーターベルトとコルセットとピアスの購入決定。

それからヘアメイクさんがやって来て、当日の髪型の相談。

髪飾りは生花をメインに使うということで、当日にアシスタントさんたちがその場で作ってくれるらしい。

出されたお茶を飲みながら、ヘアメイクさんとひとみさんが話しているのをぼーっと眺めていたら、店長さんから声をかけられた。

「招待客用のドレスも取り揃えていますので、いかがですか?」

お言葉に甘えて、招待客用のドレスが置いてあるスペースまで案内してもらう。

白を見慣れた目に、鮮やかな色彩が飛び込んでくる。

パステル調の柔らかい色合いのものも、秋らしい濃い色合いのものも、定番中の定番と言える黒を基調としたものも、すべて落ち着いた華やかさがあって、素敵なドレスばかりだ。

ボレロやショールもたくさん置いてあるので、組み合わせを考えるだけでも楽しい。

気になったドレスを一つひとつじっくり眺めては、あれと合うんじゃないかとか、こんな靴とバッグならいい感じなんじゃないかなとか、空想にふけっていたら時間はあっという間に過ぎた。

「あら、それ、雪乃ちゃんに似合うんじゃない?」

すると突然、背後から声をかけられて飛び上がった。

この声は……ひとみさんじゃない。けど、聞き覚えがある。

ドキドキバクバクしたままの胸を、片手で押さえながら振り向くと……

「美恵子さん！」

「お久しぶりー！　元気そうでよかったわ」

悪戯《いたずら》が成功した子どものように得意そうな笑顔で手を振っていて、その隣ではひとみさんがにこにこと笑っていた。

「え、えーと？　あれ？」

いったい何がどうなっているんでしょうか。

どうして美恵子さんがここにいらっしゃるんでしょうか。

いや、もしかして美恵子さんも一緒の予定だったの？

ひとみさんと美恵子さんの顔を交互に見て答えを求めた。

「実は二人にお願いがあるのよ。でね、お願いを聞いてもらえた場合、ちょっとしたフォーマルドレスが必要になるの。さっき、ひとみさんに電話したらここにいるって言うし、それならお願いと買い物を一緒に済ませられるから楽かもって。もう、ものすごく急いで来たのよ！」

美恵子さんの説明は明快なようで、肝心なところがはっきりしない。

「あの、それは一体どういう……」

「詳しい話はこれからするわ。ねぇ、どこかゆっくり話せる場所はないかしら？」

うしろに控えていた店長さんを振り返って、美恵子さんは軽く首をかしげた。

「はい、館花様。どうぞ、こちらへ」

「ありがとう。じゃあ、ひとみさん、雪乃ちゃん、行きましょう」

「あ、はい！」

店長さんに案内されたのは応接室らしき部屋だった。

お店の中よりも数段シンプルな内装と、店長さんの「このようなところで申し訳ございませんが……」という一言から、ここはお客様を通す場所ではなくて、業務用スペースなんだろうと察しがついた。

美恵子さんの話が人に聞かれてはまずいものだった場合のことを考えて、店内の打ち合わせスペースではなく、ここへ案内してくれたのだろう。

「美恵子さん、お話というのは？」

最初に口を開いたのはひとみさんだ。

「私のお友達の息子さんの結婚が決まったのね。それで今度、婚約披露パーティーをすることになったの」

美恵子さんの話はそんな風に始まった。

彼女は「お友達」と言ったけれど、実際は『フォアフロント』と取引のある会社の社長の息子さんらしい。

その方の婚約パーティーに、ひとみさんと私も出席してほしいとのことだった。

ひとみさんはともかく、何で私まで!?　と思ったら、その疑問はすぐに解消された。

パーティーには、息子さんの同年代の方々もたくさん招待されていて、既婚者なら配偶者を、婚約者がいるなら婚約相手を、連れて行く。どうやらそういう催《もよお》しらしい。

「横のつながりって結構大事なのよ。いつか世代交代したときに、若い頃からの友人がいるって心強いでしょ？　そのときのための人脈作り？　そういうことが目的なのよ。政義や和司、そして貴女たちのためになると思うから、主人や私としてもね、ぜひ出席してほしいの」

ダメかしら？　と美恵子さんに小首をかしげられて困った。

ひとみさんはもうすぐ館花家に嫁ぐ人だから問題はない。問題は私の方だ。

本当にお邪魔してよいものかどうか……

昨日ちらっと見かけた秘書課の女性が脳裏をよぎった。

あんなに綺麗で洗練された女性たちに囲まれていたら……、うじうじ悩んだり、落ち込んだり、そのくせすぐに意地を張っちゃう私が面倒になって、和司さんはプロポーズを撤回したくなるかもしれない。

いつ「別れよう」って言われるかわからない私が、そんな大事なパーティーにお邪魔したら迷惑なんじゃない？

躊躇《ためら》いなく出席の返事をするひとみさんを横目で見ながら、私はどう断ろうか、言葉を選びあぐねていた。

膝の上で組んだ手を見つめていても、何の案も浮かばない。

仕方ない。正直に気持ちを話そう。

「あの……私のような者が出席したら、ご迷惑になるんじゃないかと思うんです。ですから……」

出席できませんと告げようとしたとき、目の前の美恵子さんの顔を見て言葉を呑み込んだ。

だって、断られているというのに、彼女の顔にはなぜか満面の笑みが浮かんでいるんだもの。

「そう言うと思った！　でもね、悪いけどそんな理由じゃ、返事を受け入れるわけにはいかないわ」

「え？」

「貴女、いま『自分は和司と将来の約束もない不安定な立場だから』なんてことを考えていたでしょう。図星？　図星よね？」

私は返事をする代わりに、ごくりと唾を呑み込んだ。

「和司もいないし、ちょうどいい機会だから言っておくわ」

彼女の口からどんな言葉が飛び出すのかと緊張して、肩が強張《こわば》る。

真正面に座っている美恵子さんは、テーブルに置かれたアイスティーに口を付け、それから一呼吸おいて話し始めた。

「――あの子ね、昔っから、人に対しての執着が薄い子だったのよね。友達は沢山いたけれど、それだけ、なのよ。何となくわかるかしら？　あの子がまともに本音をさらすのなんて、家族を抜きにしたらほんの数人だと思うわ」

誰とでも仲よくできる人当たりのいい人。だけど、自分の引いた線より内側にはなかなか他人を踏み込ませない。そういうこと？

「そんな性格だから、女の子と付き合っていても上辺《うわべ》だけだったんじゃないかしら。あの子が『紹介したい子がいる』って家に連れてきたの、貴女が初めてなのよ！　私、もう雪乃ちゃんに会うのが楽しみで仕方なかったのよ」

うふふと笑う美恵子さんの顔を、ついまじまじと見つめてしまった。

「わ、私が、はじ、め……て……？」

「そう、初めて！　あの子を産んで約三十年。ようやくなのよ！　それでこの前は主人も私も嬉しくて舞い上がっちゃって。ごめんなさいね？」

「あ、いえ、私もこの前は緊張しちゃって……」

かなり挙動不審な振舞いをした記憶が。

「そんなわけで、雪乃ちゃん。覚悟してちょうだいね」

「覚悟、ですか？」

「執着が薄いって言ったでしょ？　そんな人間が一度執着するとしつこいと思うの。よっぽどのことがない限り諦めないだろうから、そのあたり、早めに腹を括《くく》っておいてね！」

和司さんが執着？　飄々《ひょうひょう》としてるように見えるけど。

でも、和司さんを育てた美恵子さんの言葉を無視することはできない。

「和司さんが私なんかに執着することは、ないんじゃないでしょうか」

「こら。私なんかって言わない。幸せが逃げちゃうわよ。和司は貴女に本気よ、絶対に。母親の勘を舐《な》めないでちょうだい。もう少しあの子の気持ちを信じてやって？　ね？」

そうだ。自分を卑下《ひげ》して、彼の気持ちを否定すれば、彼を信じてないことになってしまう。

「ごめんなさい」

「いいのよ！　不安な気持ちはわかるもの。その不安も恋する乙女の特権よ？　楽しみなさいな」

大らかな笑顔が眩《まぶ》しい。美恵子さんも不安な気持ちを一つひとつ乗り越えて、自信に満ちた素敵な女性になったのかもしれない。

頑張ったら、いつか私も美恵子さんのように強く優しくなれるだろうか？

「やだ、若い頃のことを思い出すわぁ。昔の主人って、見た目と言動は政義、中身っていうか、執着が薄いところは和司そっくりだったのよ」

館花社長と美恵子さんの馴《な》れ初《そ》め!?　うわー、すごく興味ある。聞いてみたい！

ひとみさんも同じ気持ちらしく、美恵子さんの顔をじっと見つめ、話の続きを待っている。

遠い目をしたまま、彼女は話を続けた。

「もう、仏頂面で何考えてるかわかんないし、言うことは冷たいし、なかなかデレないし」

デレ!?　まさかそんな言葉が美恵子さんの口から飛び出すとは！

この前お話した館花社長はとても気さくな方に思えたけど、昔はそんなだったなんて意外だ。

「最初の頃なんて『こんな男、絶対好きにならないんだから！』って思ったものよ。それがうっかり絆《ほだ》されちゃうし、悔しいぐらい振り回されるし、不安を通り越して何度大嫌い宣言したかわからないわ～」

にこにこしながら、ハラハラするような話を繰り広げる。

「いい思い出よねぇ」と締め括《くく》って、美恵子さんはまたアイスティーを一口。

隣を見ると、ひとみさんはしみじみとした顔でうなずいている。

どうやら彼女は美恵子さんの話にとても共感したらしい。

そっか、館花専務も社長と同じような感じだったのか。もしかして、ひとみさんも「好きにならない」って思ったり、「大嫌い」って怒ったりしたことがあるんだろうか？

私の視線に気付いたひとみさんが、ふふふと笑う。

うーん。想像もつかないけど、やっぱりそれなりに何かはあったんだろう。

「話が逸《そ》れちゃったわね。えーと。何が言いたかったのかしら？　ああ。そうそう。私、押しつけがましいこと言っちゃったけど、和司も貴女もいい大人なんだし、私たちのことは気にせず、貴女たちの思うように付き合ってね。たとえどんな結果になっても、もちろん私や主人は口出ししないわ。私は雪乃ちゃんを気に入ってるのね。だからできれば和司のところにお嫁に来てほしいと思うけど、これは単なる私の願望だから、気にしないでね。貴女が後悔しないように。それが一番大事だから。押し付けがましいこと言ってごめんね」

と少し寂しそうな顔で謝られて、私はなんて返していいのかわからず無言でうなずいた。

「とはいえ、今回のパーティーはぜひとも出席してほしいの。あの子のためにもね！　――だって、雪乃ちゃんが来てくれなかったら、あの子一人ぼっちよ～！」

美恵子さんはそう言って、さも楽しそうに笑う。

けれど私は、館花夫妻、専務とひとみさんに囲まれて、つまらなそうな顔をする和司さんの姿を想像して、切なくなった。誰もいないよりは、貧相でも連れがいた方がマシだったりするだろうか？　少なくとも彼が暇なときの話相手ぐらいにはなれるかもしれない。

「和司さんが嫌でなければ、出席させていただきたいと……」

しどもどもろで返事をする。

「あの子の了解はもう取ってあるわ！　じゃあ出席で決まり！」

美恵子さんはパンっと両手を叩いて、勢いよく立ちあがった。

「――というわけで、お話終わり！　さぁ、ひとみさん、雪乃ちゃん、ドレスを選ぶわよ！　とりあえず最低でも二着選んで」

「えっ!?」

打って変わった明るい声。そして話の内容に驚いた。何で二着なの!?

「当然じゃない。ひとみさんはパーティーの分と、これからこういう機会が増えるから予備に一着。あとは流行もあるし、おいおい買っていきましょうね。雪乃ちゃんはパーティーの分と、政義とひとみさんの結婚式用よ」

どこがおかしいの？　と言わんばかりの答えに開いた口が塞《ふさ》がらない。

「今回のパーティーは、言うなれば館花家のために出席してもらうわけでしょ？　報酬《ほうしゅう》とでも思ってくれればいいわ。結婚式の分は……まぁ、私からのプレゼントってことで納得してもらえないかしら？」

納得も何も、そこまでしていただくわけにはいかないと思うんだけど⁉」

「でも、そこまでしていただくのは……」

辞退しようと口にした言葉は美恵子さんに遮《さえぎ》られた。

「私、娘と買い物するのが夢だったのよ。なのに、私には息子しかいないの。わかる？」

「は、はぁ……」

「その私に、ひとみさんという娘と、貴女という娘予備軍ができたのよ。一緒に買い物するチャンスなのよ。やっと訪れたチャンスなの！」

美恵子さんの勢いに押され、私はちょっとのけ反った。

ひとみさんは涼しい顔で私たちのやり取りを傍観している。

「雪乃ちゃんの意地悪」

「へっ？」

そこでなぜ、私が意地悪になるんですかね。

「だってそうじゃない。私のささやかな夢を壊そうとするんだもの。ねぇ、ひとみさんだってそう思うわよね!?」

「美恵子さんがそう思われるなら、そうなのだと思います」

ひとみさんは、美恵子さんの主張を肯定するでも否定するでもなく、上手に逃げる。

なんだかちょっぴり裏切られた気分だ！

「ほらほら。ひとみさんだってこう言ってるじゃない」

「すみません」

わけもわからず謝りながら、ふと思った。

和司さんにもよく意地悪って言われるし、なんだか言動まで親子なんだなぁと。

「わかればいいのよ、わかれば。さぁ、時間が勿体《もったい》ないわ。急ぎましょ！」

彼女に急《せ》かされるように、ひとみさんと私も席を立った。

気が引けることには変わりがないけれど、あまり固辞するのも失礼に思えたので、美恵子さんの言葉に甘えることにした。

三人でドレスや小物を探すのは、まるでお姉さん二人と一緒に買い物をしているようで、楽しかった。そういう時間はあっという間に過ぎていく。

店を出たのは、お昼をだいぶ過ぎた頃だった。

美恵子さん行きつけのお店で遅いランチを取ろうと誘われて、ひとみさんと私は二つ返事でうなずいた。

それからパーティーまでの期間は長いようで短かった。

あまりみすぼらしい連れだったら、和司さんに恥をかかせてしまう。

貧相な見た目が少しでもマシになればいいと思って、いつもより入念に肌の手入れをしたり、軽い運動をしたり、早寝早起きとバランスの取れた食生活を心がけたりしているうちに、あっという間に当日になってしまった。

ささやかな私の努力がどのくらい実を結んだかはわからないけれど、何もしないで当日を迎えるよりはずっといい。そう思うことにした。

会場は、誰でも名前を知っている有名ホテル。会場がどこか知ったときは、それだけで緊張した。

これまで、そんな格式の高いホテルとは、まったく無縁の生活を送っていたのだから。

ひとみさんと私は、直接会場に向かうのではなく、館花家へお邪魔して身支度を整えてもらうことになっていた。

ドレスを着て、プロのヘアメイクさんの手で髪やメイクを整えてもらった後、三台の車に分乗してホテルへ向かう。

一台目は館花夫妻、二台目に専務とひとみさん、そして三台目は和司さんと私。

一台に二人って贅沢《ぜいたく》な気もするけれど、逆にぎゅうぎゅうに乗っていたらそれはそれで変だよね。

後部座席に和司さんと二人。

いつもならとっても嬉しい状況なんだけど、今日に限って言えば、どうにも落ち着かない。

シートは座り心地がいいし、車内の温度も快適だけど、長時間乗っているとそれだけでどんどん体温が上昇しそうだ。

理由は簡単。和司さんがいつも以上に格好いいから。

今日の彼は黒のタキシードに身を包んでいる。いかにも着なれていますって感じで、まったく嫌味なところがない。ヘアスタイルもいつもと違って、前髪を上げている。下ろしているときよりも少し濃い目に見える髪の色。すっきりと露《あら》わになった額。怜悧《れいり》さが際立つと同時に、そこはかとなく漂う色気。

彼の顔を見るだけで心臓がどきどきするし、見つめ返されれば、いたたまれなくて逃げ出したくなる。

熱くなった頬《ほほ》を持て余しながら、座席の端で小さくなっていることしかできない。

そんな私の隣で和司さんは、窓側のアームレストに片肘《かたひじ》をつき、悠然《ゆうぜん》とこちらを見ている。

淡い笑みを刻む唇。穏やかなのにどこか挑戦的な瞳。

すべてに惹きつけられずにはいられない。

けれど、あまりに魅力的で眩《まぶ》しすぎて、直視できない。

「ねぇ、雪乃。今からそんなに緊張してたら疲れちゃうよ？」

形のいい唇から穏やかな声がこぼれる。

「それはそうなんですけど……」

緊張するなと言われたって無理だ。この状況は、とても現実のものと思えない。

そもそも、和司さん自体が格好よすぎて、私の心を盛大にかき乱してくる。

だから、話しかけられても曖昧《あいまい》な返事しかできなくて、しまいには——

「まぁ雪乃だもんなー。緊張するなって言っても無理だよね」

と笑われてしまった。

「うっ……」

何も言い返せず俯《うつむ》いた私の目に映ったのは、美恵子さんに買っていただいたドレス。

明るいラベンダー色で、上品な光沢のある生地で作られている。

胸元のドレープによって、貧相《ひんそう》なバストでも、少しだけボリュームがありそうに見せてくれる大変ありがたいデザインだ。

柔らかくて軽くて、とても着心地がいい。

しっとりとした肌触りで、なでていると落ち着く。

「緊張しない……のは無理ですけど、頑張ります」

自信のなさに語尾が消え入りそうになったけれど、今晩の心構えを口にした。

そう。今晩の目標は「ドジを踏まない」「笑顔を忘れない」「おどおどしない」――この三つだ。

最後の目標が一番難しいけれど、和司さんたちに恥をかかせるような事態だけは避けたい。

だから、そこは気合で何とか乗り越えたいと思います！

何をどう頑張ると具体的に言わなくても、和司さんにはちゃんと通じたみたいだ。

「うん。雪乃が頑張り屋で、意外と本番に強くて、ついでに実は結構気が強いってこと知ってるから、大丈夫だって確信しているよ」

くすくすと楽しそうに笑いながら私の顔を覗き込む。

いつもより落ち着いて見えるけど、屈託《くったく》なく笑っている顔は、いつもの和司さんだ。

「それに今日は俺がずっと一緒にいるから、安心して楽しめばいいよ」

そう言い終わるか終わらないかのうちに、軽く手を引かれた。

「え？」

何？　って思う間もなく、額に彼の唇が触れて、すぐに離れていった。

「な、なななっ、な!?」

「何するんだ！　って言いたいわけ？」

にやにやする和司さんに向かって、私はぶんぶんと首を縦に振った。

「緊張をほぐすおまじない。効いたでしょ？」

緊張がほぐれるどころか、いたたまれない気持ちになったんだけど!?

だって運転席には運転手さんがいるわけで、車にはルームミラーってものがあるわけで！

「おまじないって……！　もうっ!!」

体勢をもとに戻しながら咎《とが》めるように睨《にら》んでも、和司さんは涼しい顔だ。

「緊張がほぐれたんだから、いいじゃないか」

「そういう問題じゃありません！」

無意識に額を押さえようとした手が途中で掴まれた。

な、何を!?　と驚く私をよそに、和司さんが意地悪そうに笑った。

「ファンデーション付いちゃうよ」

「あ！」

危なかった。教えられなかったら、手袋をしたままうっかり触ってた！

「ありがとうございます」とお礼を言うと、即座に「どういたしまして」と返ってくる。

けれど、なぜか彼は手を離してくれない。額を触るのを止めるだけならもう充分なのに。

「和司さん、そろそろ手を離して……」

「面白くない」

「何がですか？」

「手袋越しの感触が」

何とも嫌な予感のする展開。付き合い始めて約半年。

いくら私が鈍いからといって、彼の行動パターンはわかりはじめている。

そろりと手を引き抜こうとしたけれど、しっかり掴まれていて不可能。

「和司さん？」

人前でベタベタするのは恥ずかしいから苦手。

和司さんだってそれはわかってるはずなのに。

非難を込めてじっと見つめても、彼は澄ました顔で見返してくるばかり。

この顔に騙《だま》されちゃダメだ。

「とにかく手を離してください」

「やっぱりダメ？」

「ダメに決まってます」

「仕方ないな。わかったよ」

驚くぐらいあっさりと彼の手が離れた。

珍しいこともあるものだと感心していると、今度はいきなり腰を引き寄せられて飛び上がった。

「きゃっ！」

「じゃあこれならいい？」

からかい交じりでささやかれる。

彼がそんな行動に出るとは思ってもいなかったので、引き寄せられるまま、彼の方に上半身が倒れかかった。

まずい！

とっさに彼の胸に手をついて、そこに転がり込む失態は免れた。

危機一髪。あやうく彼の白いシャツを汚しちゃうところだった。

「冗談もほどほどにしてくださいってば‼」

ファンデーションで手袋が汚れると止めたのは、一体どこの誰でしたっけ⁉

手袋が汚れる以上に、シャツに赤い口紅が付いたらどうするつもりなんだろう？

「シャツが汚れたらどうするんですか！」

和司さんは時々、とても子供っぽい悪戯《いたずら》をするから困る。

「そのときはそのときだよ。何とかなるって」

暢気《のんき》すぎる！　今どこに向かってて、これから何に出席するのかわかってるの⁉

「和司さん！」

私が強く名前を呼んだ途端、彼の顔がさっと近づいてきた。

何が起きているのか理解するより先に、温かくて柔らかいものが唇の端に触れた。

さっき、額にキスが落ちてきた以上の衝撃で、喉《のど》の奥で小さな悲鳴が漏れる。

顔をのけ反らせてできるだけ距離をとり、彼の顔をまじまじと見る。

猫みたいに目を細めて、してやったりと言いたげな彼の顔に腹が立った。

「もう！　和司さんのバカ！」

「わ!?」

彼の手を腰から強引に引きはがして、反対側のドアに張り付くようにして距離をとった。

窓の外に顔を向けて、拒絶の意思表示をする。

「雪乃？　ねぇ、雪乃ってば」

困ったような、少し慌てたような声が背後から聞こえる。

「ごめん。怒った？」

「知りません！」

会場に着くまでもう口きかないんだから！

車を降りたその瞬間から、あたりは華やかな喧噪《けんそう》に満ちていた。

係員の案内で一番先頭を館花夫妻が、その後を専務とひとみさんが、最後に和司さんと私が続く。

普段とまったく変わりない飄々《ひょうひょう》とした態度の和司さんに腕を預けて、私は前を見た。

館花夫妻はさすがの貫録《かんろく》。

見事に場に馴染んでいて、周りが明るくなったような、さりげない華やかさがある。

うしろに続く専務とひとみさんも堂々としていた。

がっしりとした広い肩に、黒いジャケットがよく似合う専務に、華奢《きゃしゃ》な体に深く光沢のある深緑のドレスをまとったひとみさんが寄り添う。

ひとみさんが歩くたびにしなやかに揺れるドレスを眺めながら、私は小さく唇を噛みしめた。

私も彼女のように綺麗だったら――

「雪乃、顔が険しくなってる。笑って」

耳元でささやかれて我に返った。

「そんなに変な顔してます？」

「変な顔じゃないよ、険しい顔。ここにシワが寄ってる」

和司さんは苦笑いを浮かべながら私の眉間《みけん》を人差し指でつんと突いた。

その妙に艶《つや》っぽい笑顔に、心臓がどくっと跳ねた。

「さっきのおまじない、効かなかったね。もう一回する？」

「えっ⁉　そ、そそそそっ」

冗談だとは思うけど、油断はできない。組んだ腕をほどいて距離を置こうとしたら、前を歩いていた専務が肩越しに振り返って、呆れたような目で私たちを眺めた。

「和司、佐々木君、いつまで遊んでるんだ」

「すみません」

「遊んでるわけじゃない」

首をすくめて謝る私の横で、和司さんは憮然《ぶぜん》とした顔で反論した。

「ほう、そうか」

意味深に小さく笑った専務は、前に向き直る。

和司さんと専務のやり取りで、少し肩の力が抜けた。

会場に続く扉はすぐ目の前で、もう今さら緊張してる暇なんてなかった。

開けられた扉の向こうは眩《まぶ》しいほど華やかな世界だった。

和司さんにエスコートされながら会場に足を踏み入れた途端、やっぱり場違いだと回れ右をしたくなる。でも、実際は和司さんの腕にがっちりホールドされていて、とにかく前に進むしかない。

「しばらくは親父や兄貴たちと一緒に行動する。雪乃は適当に相槌《あいづち》を打っているだけでいいからね。でも、なるべくたくさんの人の顔と名前を覚えて。覚えておいて損はないから」

彼の言葉に釣られるようにして、あたりをぐるっと見回してみる。

覚えるも何も、テレビや雑誌で見たことある顔がちらほらと。

「私でも顔を知っているような有名な方がいっぱいで……」

「有名って……。へぇ。雪乃はビジネス誌や業界新聞なんかにも目を通すんだ？」

「ちゃんと読んでるってわけではないんですけど」

だって、その手の雑誌や新聞を手に取るようになったのは、和司さんと付き合うようになってからだもの。難しくて読んでも理解できない記事だってたくさんある。

いつか付け焼刃じゃない知識を身に付けられたらいいんだけどな。

「そっか。女性ってそういうのを敬遠する人多いし、雪乃もそうだろうと勝手に思い込んでた」

いいや、和司さんの予想通り私も苦手。ただ単に「和司さんの話に少しでも付いていけたらいいなぁ」なんて軽い気持ちで読み始めただけ。

でも、嬉しそうににこにこしてる和司さんにそんな真相は打ち明けられなくて、笑って誤魔化した。

「——和司？」

聞き覚えのない声がうしろから聞こえた。

それまで楽しそうに笑っていた和司さんは顔をすっと引き締めて、声のした方に視線を向けた。

「晴輝《はるき》！」

知り合いだったらしい。彼の顔はすぐに元の笑顔に戻った。

その顔は社交辞令的なものじゃなくて、心からのものだとわかる。

たぶん、親しい方なんだろう。

私は二人の邪魔にならないように、さりげなく和司さんの背後へ下がった。

晴輝と呼ばれた男性は親しげに和司さんの肩を叩き、にやりと男臭い笑みを浮かべた。

「久しぶり。晴輝がこういうところに顔を出すなんて珍しいな」

「それはお互い様だろ？　それより。おい、和司。こちらの方は？」

男性とばっちり目が合った。彫りの深い顔立ちに浅黒い肌。少し精悍《せいかん》すぎて怖い印象もある。

けれど、人懐っこい笑みが浮かぶと、漂っている鋭い雰囲気はなりをひそめた。

私は彼の笑みに釣られるようにして微笑み、小さく会釈をする。

和司さんは、私が頭を上げるのを待っていたかのようなタイミングで——

「俺の彼女」

と短く答えた。それと同時に私の腰にそっと手を当て、前へ出るように促した。

隣に並び、顔を見上げると、彼は私を安心させるように小さくうなずいた。

そして目の前の男性に向かって、かなり砕けた口調で私を紹介してくれた。

「晴輝、紹介するよ。佐々木雪乃さんだ。春頃から付き合っている。雪乃、こっちは俺の学生時代からの友人で中野《なかの》晴輝」

「佐々木です。初めまして」

「中野です。どうぞよろしく」

中野さんの笑みはますます深くなった。

最初の印象ほど怖い人じゃないのかもしれない。

そうだよね、和司さんのお友達なんだし、悪い人なわけないよね。

「おい、ずいぶんと可愛い子を見つけたな」

「ふん。会ったばかりで何がわかるんだよ。――まぁ、お前の言うことは間違ってないけどさ」

「なかなか言うなぁ。ごちそうさま」

軽口を交わして笑い合ってる二人を見て、男の友情は格好いいなぁと思う。

以前、美恵子さんが「和司はなかなか人に心を開かない」って言っていたけれど、中野さんはきっと心を開ける数少ない友人なのかもしれない。

久しぶりに会ったみたいだから積もる話もあるだろう。邪魔をしたくなかったので、私は壁際の椅子で少し休んでくると和司さんに告げて、二人のそばを離れようとした。

すると去り際に、うしろから鋭い視線を感じた気がして思わず振り向いた。

けれど、例の人懐っこい笑みを浮かべた中野さんと、ふたたび目が合っただけ。

「佐々木さん、どうしました？」

中野さんの顔に不思議そうな表情が浮かんだ。

私は「何でもありません」と答えて、二人から離れた。

視線を感じたのは私の気のせいみたいだ。

会場を見渡すと、館花夫妻も専務たちも、もうすでに個別に行動していて、それぞれが別の方々と談笑している。

椅子に座る前に新しい飲み物を持って来ようと、料理の置かれている一角へ足を向けた。

ノンアルコールカクテルを給仕さんから受け取って、休むのにちょうどよさそうな場所を探す。

椅子に座って休んでいる人は少ないようで、空席はたくさんあった。

なるべく目立たない席を探して人ごみをかきわけていると、周囲の会話が耳に入って来た。

「中野の……聞いたか？」

中野？　中野ってもしかして、あの中野さん？

見知った名前が聞こえてきて、ぴくりと肩が跳ねた。

「ああ、随分と……って……」

「噂が本当なら……だろう？」

「ま、仕方ないんじゃないか。……だしな」

声の主たちは、周囲を気にした様子もなく話を続けている。

途切れ途切れに聞こえてくるその声に、自然と意識を集中させてしまう。

顔を上げて会話の主がどこなのか、誰なのか（たぶん顔を見ても誰かわからないだろうけど）確かめたかったけれど、目が合ったりしたら盗み聞きなんて失礼な真似をしたことがばれてしまう。

私は俯《うつむ》いたまま、目立たないようにその場を去った。

今、聞いた話は忘れよう。

大体「中野」って苗字はそんなに珍しいものでもないし、彼のことだって確信はないもの。

——でも……。あまりいい感じの会話じゃなかった、な。

心の底に小さく黒い染みのようなものが残った。

和司さんと私は二時間ぐらいでパーティー会場を後にした。

館花夫妻や専務とひとみさんはまだ会場に残っていたので、先にお暇《いとま》する形になった。

しばらく和司さんと話していた中野さんもいつの間にかいなくなっていた。

「あいつはいつも用が済めばさっさと帰るからさ。今日もそうなんだろう」

和司さんは何も気にしている様子がない。

さっき偶然耳にした会話が、ふっと脳裏をよぎった。

もしかしたら、彼は居心地が悪くて先に帰ったのかもしれない。

「あいつがどうかした？」

「いえ」

訝《いぶか》しそうな和司さんに、私は慌てて首を横に振った。

確証のない話をして、余計な心配をかけるのはよくないし。

「ただ、久々に会ったみたいだったから、もっとお話すればよかったのにって思っただけです」

それは口から出まかせじゃなくて、本当に思ったことだ。

「まぁ、それはまた今度、ゆっくり飲みにでも行こうって話になったからいいんだよ」

それで中野さんの話題は終わりになった。

同時にホテルのロビーに到着し、そのままフロアを突っ切って正面玄関に向かう。

会場内の係員に車を回すようにお願いしてあったので程なく到着するだろう。

それまでの間、私たちはロータリーの隅に佇《たたず》んでいた。

会場の熱気にあてられて火照《ほて》った頬《ほほ》に、冷えた夜気が心地いい。

この気持ちよさを味わえるのが、車を待っている間だけなんて少し勿体《もったい》ない気がする。

そうは言っても、まさかこの格好で電車に乗るわけにもいかないよね。

盛装したまま、二人で電車のつり革に掴まっている姿を想像したら、何だかすごくおかしくて、笑ってしまった。

「どうしたの？」と目で問いかけてくる和司さんに、何でもないと首を振って答えた。

小さな沈黙の後、先に口を開いたのは和司さんだった。

「今日はありがとう。雪乃も楽しめた？」

「はい！」

「それはよかった」

緊張の連続だったし、色々と焦ったりもしたけれど、来てよかった。

いつもと違う和司さんが見られたし、それに彼が属している世界がどんなものなのか、一瞬でも垣間見れたから。

「お似合いの二人でしたね」

今夜の主役のお二人とも話す機会があったんだけど、とても気さくで優しい雰囲気の方々だった。

結婚式は半年後の予定だそうだ。二人とも幸せそうに笑い合って、素敵だった。

「そういえば、専務とひとみさんもこんなパーティーを開いたんですか？」

「え？　ああ。いや。兄貴はもう親父の片腕として働いてるだろ？　もうそれなりの人脈があるから、必要ないんだよ」

和司さんの話によると、今日の主役だった男性は長いこと海外に赴任していたらしい。だから日本での人脈がまだ確立できていなくて、こういう席を設ける必要があったんじゃないかということだった。

そんな思惑もあったんだなぁと納得しているうちに、私たちの前に車が止まった。

「さて。じゃあ帰りますか、お嬢様」

茶目っ気たっぷりにポーズを決めて、車のドアを開ける和司さんに唖然《あぜん》とした。

あの……うしろでドアマンの方が困ってるんだけど？

# 6

パーティーから数日が過ぎた。華やかなあの場はすべて夢だったんじゃないかって思うくらい、もう遠い出来事に感じる。

翌日からはまたいつも通りの日常が始まって、私は相も変わらずパソコンや申請書と格闘して一日を過ごしていた。

その日は、終業間際に他部署から急ぎの書類が回ってきたので、定時を少し過ぎてからの退社になった。

ビルの玄関を出ると、冷たい秋の空気が頬《ほほ》をなでる。

立ち止まって空を見上げると、ビルの谷間から夕暮れの色が覗いている。

だいぶ日が短くなったことに気付いて驚いた。もうすっかり秋なんだなぁ。

暑さが通り過ぎるのと一緒に、会社《ここ》から和司さんが去り、ひとみさんが去った。

そして欠員補充があるまでの期間限定だけど、私は朝と夕方の二、三十分程度、ふたたび受付のサポートに入っている。

繰り返される日常とは言うけれど、それでもやはり多少の変化はある。

ひとみさんと吉成さんが病欠で、いきなり受付を任されたときは本当に焦ってしまった。

当時に比べれば、かなり落ち着いて業務に臨めるようになっている。

あのときも、せめて今ぐらい落ち着いていれば失敗なんてしなかったのに。

でも、あの失敗があったから、和司さんと――

なんて。過去を振り返って感傷的になっちゃうのは、やっぱり秋だからなのかな？

つらつらと考えながら駅に向かって道を歩いていると、不意に名前を呼ばれた気がして立ち止まった。

空耳かな？

あたりをキョロキョロと見回すと、今度はさっきより少し大きな声で呼ばれた。

「佐々木さん！　こっち、こっち！」

声のした方を振り向くと、見覚えのある男性がこちらに向かって手を上げながら歩いてくる。

「中野さん？」

まさか、こんなところで会うなんて思わなかった。

「やっぱり佐々木さんだったね。間違ってたらどうしようかと思ったよ！　先日はどうも」

中野さんは精悍《せいかん》な笑みを浮かべて私を見下ろしている。

「あ、こちらこそ先日はお世話になりました」

慌てて頭を下げた。

「ああ、そういう堅苦しいのはなしにしようよ。しっかし、驚いたよ。まさかこんなところで佐々木さんに会えるとは思わなかった」

「この近くの会社に勤めているんです。私もまさかこんなところでお会いするなんて思ってなくて、驚きました」

「ちょっと仕事の用事で通りかかったんだ。いつもと違う場所を歩くのもいいもんだね。素敵な出会いがある」

意味深に笑いかけられてドキッとした。

見てはいけないものを見たような、何となくうしろめたいものを感じて、私は慌てて俯《うつむ》いた。

「これも何かの縁だ。もしよかったらこれから晩飯に付き合ってくれないかな？　一人で食べるのも味気なくてね。ご馳走するよ」

「え！　ですが……」

和司さん以外の男性と、二人きりで食事なんて……

断ろうとした矢先、私の言葉を遮《さえぎ》るように中野さんが口を開いた。

「昔の和司の話……なんて興味ない？　俺、高校のときから一緒だからさ。色々面白い話聞かせてあげられるよ？」

茶目っ気たっぷりに笑われて、ついうなずきそうになった。

本音を言えば、すごく聞きたい。和司さんはそういう話を絶対してくれないんだもん！

でも、やっぱりこのまま彼に付いて行くことには躊躇《ためら》いがあって、私は視線を泳がせた。

あたりは家路を急ぐ人々で溢れている。

「ねぇ」

困惑して黙り込んでいる私の頭上から、ささやくような低い声が聞こえた。

「和司のことで君に言っておきたいことがあるんだ。君にあいつと本気で付き合う気があるなら聞いてほしい。駄目かな？」

驚いて見上げた彼の顔には、どこか挑発的な表情が浮かんでいた。

仄暗《ほのぐら》い笑みが唇の端を引き上げている。

「それは……」

その後の言葉は呑み込んだ。

「本気で付き合う気があるんだったら俺の話を聞け。こんなことで尻込みしてるようじゃ和司にはふさわしくない」と言われているような気がしたのだ。

挑戦状を叩き付けられた――そんな風に解釈した私は、つい後先も考えずに答えてしまった。

「――ご一緒させていただきます」

言ってから、しまったと思っても後の祭り。

妙なところで気が強い自分の性格が嫌になる。

「へぇ。意外に君は気が強いんだね。いい返事だ」

中野さんは驚いたように目を見開いて、それから悪戯《いたずら》が成功した子どものような笑みを浮かべた。


近くに待たせているという彼の車に同乗して、行きつけだという店へ向かう。

運転手さんも慣れているんだろう、「店へ」と中野さんが指示するだけで「かしこまりました」と短く答えて車を発進させた。

後部座席に和司さんじゃない男性と並んで座る、というのは相当緊張する。

多少揺れても体がぶつからないように、距離を置いて座った。

ドアにくっつくくらい、端っこになっちゃったのは仕方ない。

そんな私を中野さんが珍しいものを見るような目で眺めてくるから、居心地が悪い。

「あの、すみません。いちおう和司さんに連絡を入れたいのですが、携帯を使って構いませんか？」

「もちろん。どうぞごゆっくり」

精悍《せいかん》な顔に大らかな笑みが広がる。

「じゃ、俺もちょっと失礼するよ」

中野さんは胸ポケットから取り出したスマホに目を落とした。

液晶画面が、彼の顔を明るく照らす。

和司さんも驚くぐらい格好いい人だけれど、中野さんも気後《きおく》れするくらいに格好いい。類は友を呼ぶってやつなの？　そんなことを考えていたら――

「どうかした？」

と不審がられてしまった。

「何でもないです！　じゃあお言葉に甘えて、失礼します」

慌ててバッグから携帯を取り出して、メール画面を呼び出す。

きっと和司さんはまだ仕事中だろう。電話はしない方がいい。

『雪乃です。お疲れ様です。和司さんはまだお仕事中ですか？　さっき、偶然中野さんとお会いして、これから一緒に晩御飯をいただくことになりました。あまり遅くならないうちに帰ります。また後でメールします。それでは』

相変わらず素っ気ない文面。

我ながら色気がないなぁって思うけれど、色々考えてるうちにどうしてもこうなっちゃう。

いつものことだから和司さんも驚いたり、ムッとしたりはしないでしょう。うん。

もう一度誤字脱字のチェックをして送信ボタンを押した。

送信中のアニメーションが数秒表示されて消える。

携帯をバッグにしまった途端、中野さんに声をかけられた。

「ちょうどいいタイミングで送信できたみたいだね。そろそろ着くよ」

彼の言葉通り、車はゆっくりと減速を始めていた。

そう長時間走ったわけじゃないのに、窓の外に広がるのは、まったく見知らぬ街並みだ。

車を降りた私は、目の前の建物を見て呆然とする。

「ここは……?」

「ああ。俺の店。正確には俺が任されてた店かな」

「お店!? 中野さんの!?」

任されていた、と過去形だったことがちょっと引っかかったけれど、目の前に広がる光景に驚いて、すぐ頭から消えてしまった。

お店というより豪邸といった方がぴったり。

そのくらい大きくて立派な純和風の建物が、暮れたばかりの夜の闇の中に佇《たたず》んでいた。

「高級料亭」という、私にはまったく縁のない単語が脳裏に浮かぶ。

「そう。だから気兼ねなくお寛《くつろ》ぎください」

まるで執事のように軽く上体を折って先を促す。

おどけた口調の中野さんに肩の力が抜けた。砕けた仕草がよく似合う人だ。

広い玄関はしんと静まり返っていた。

中野さんは迎えてくれた女将《おかみ》らしき女性と一言二言言葉を交わしている。

仕事上のやり取りもあるだろうし、耳に入れないようにと思い、少し離れて二人の会話が終わるのを待った。

「お待たせ。こっちだよ」

「あ、はい！」

てっきり女将さんか中居さんが案内してくれるものだと思っていたので、驚きながら慌てて彼の後に続いた。

よく考えたら、彼が任されていたお店なんだもんね。案内してもらわなくてもわかってるよね。

「ごめんね。どうせだからゆっくりとこれを見てほしくてさ。案内を付けたら素通りになっちゃうだろう？」

私の心を見透かしたかのように彼が言った。

「これ？」

「そう。これ」

彼が指し示したのは、夜の闇に浮かぶ日本庭園だった。

美しい形に整えられた木々、計算しつくされて配された岩や池。

ここからでは見えないけど、きっと池の中には綺麗な色をした鯉が泳いでいるんだろう。

そんな庭園が、要所に置かれた灯篭《とうろう》の優しいオレンジ色の明かりに浮かび上がっている。

「すごい！」

「だろう？　昼間もいいんだけどさ。俺はこっちの方が好きなんだ」

自慢げに笑う彼の顔を見ると、どれだけ彼がこの店を大事にしているのか、何となくわかる。

立ち止まってひとしきり庭を眺めた後、私たちは渡り廊下を抜けて、離れへ向かった。

「ここだよ」

通された部屋は落ち着いた雰囲気で、席に着くと庭がよく見渡せた。

こんな風に庭が見渡せるならば、確かにそれ以上の装飾はいらないだろうなぁ。

漠然とそんなことを思った。

これで室内まで綺麗に飾られていたら、両方の魅力が損なわれてしまいそうな気がする。

なんて、素人考えなんだろうけど。

ほっと一息ついたタイミングで、女将《おかみ》さんがやって来た。

その絶妙な間の計り方に「さすがだなぁ、すごいなぁ」なんて考えていたら、気が付けば目の前に食前酒が並んでいる。

そして「会席料理のマナーなんてわからないよ!?」と困りつつ、食前酒の美味しさに心を奪われている間に先付が座卓に並んだ。

白いシンプルな器の上には彩《いろど》りも鮮やかなお料理が五種類、綺麗に盛り付けられている。

「可愛い！」

「だろう?」

思わず感嘆の声を漏らすと、中野さんが誇らしげに相槌《あいづち》を打つ。

「見た目だけじゃない。味も絶品だから」

目を細めて笑う彼の顔が少しだけ寂しげに見える。

けれど、次の瞬間には屈託《くったく》のない笑顔に変わっていた。

単なる光の加減だったのかもしれないと、それ以上考えるのをやめた。

椀物、お造り、炊き合わせと続く料理をいただきながら、彼が語る過去の話にすっかり聞き入っていた。

正確に言えば、彼の話に出てくる学生時代の和司さんに夢中になった。

彼と和司さんは高校と大学が一緒だったらしい。

話の中の和司さんは、私のまったく知らない和司さんで、年相応に子供っぽい悪戯《いたずら》や失敗をたくさんしていたみたい。

本人に尋ねたって絶対に教えてくれないようなことを、たくさん聞くことができた。

そして、そのエピソードの中でいつも一番近くにいたのが中野さんだったせいで、私は彼に少し嫉妬《しっと》を覚えたりもした。

最後に出てきた水菓子は、今が旬の果物の盛り合わせだった。

梨、林檎、柿、無花果《いちじく》、葡萄《ぶどう》……それぞれ一番綺麗に見えるよう、そして食べやすいようにカットされている。

料理が終わるのと同時に、思い出話にも一区切りつき、沈黙に包まれた。

打ち解けたとはいっても、やっぱり沈黙は居心地が悪い。

けれど、話題が思い浮かばなくて、私は庭へ目を向けた。

石灯篭《いしどうろう》の明かりが周囲の木々を照らしている。

夜風にさわりさわりと揺れる楓《かえで》の葉はまだ緑色だった。

もっと秋が深まったら、真っ赤に色を変えるんだろう。

庭を吹き抜ける夜風も、虫の音も、ガラス窓で仕切られたこの部屋までは届かない。

それが少し残念だった。

さっき中野さんが口にした言葉が、唐突に脳裏に浮かぶ。

「正確には俺が任されてた店かな」

聞いた瞬間から違和感を覚えたけれど、ほかのことに紛《まぎ》れて意識の端っこに追いやっていた疑問。

過去形なのはどうしてなんだろう？

気になる。だけど聞きにくい。私が口にしていい疑問じゃない気がしたから。

そして、連想ゲームのように先日のパーティーで耳にした噂話まで思い出してしまう。

あの、妙に耳障りでねっとりとした会話を。

これは私の考えすぎだ。あれとこれが繋がったりしない。繋がるわけがないじゃない。

「あいつには敵わないんだよなぁ」

嫌な方向にめぐる思考が、彼の声で断ち切られた。

ほっとしたのが半分、唐突な彼の切り出し方に疑問半分。

そんな気持ちで私は正面に顔を戻して、向かいに座る中野さんに目を向けた。

彼は庭を見つめたまま、私を見ようともしなかった。寂しげな微笑が口の端に浮かんでいる。

先を促すつもりで何も答えずにいると、彼はますます笑みを深くして口を開いた。

「すべてに恵まれた人間っていうのは本当に存在する。あいつを見てると、いつもそう思わずにはいられないんだ」

その言葉に含まれる何かに引っ掛かりを覚えた。私は何が気になったんだろう？

中野さんの言葉の意図もわからずに首をひねっていると、彼はゆっくりと顔を正面に戻した。

目が、合う。

「和司はいつも俺の前にいるんだ。昔からずっと」

感情の見えない瞳がじっと私を見ている。

「俺が努力して、足掻《あが》いて、やっと掴んだものを、あいつは事もなげに簡単に手に入れるんだよ」

「あの？」

聞いてはいけないことが彼の口からこぼれたように思えた。

少しお酒が過ぎて、饒舌《じょうぜつ》になっているのかもしれない。

自分が何を言っているのか気付きますように。そんな気持ちを込めて遮《さえぎ》るように声をかけた。

それなのに、我に返るどころか、彼の視線はますます暗くなっていった。

「あいつの引き立て役だったんだよ、俺は」

「そんな！」

そんな風に和司さんが思っているはずがない。彼はそういう人じゃない。

誰かを自分の踏み台にするような、そんな真似は絶対にしない。

「ああ。わかってる。君に言われるまでもない。あいつはそんなことは考えもしないだろうさ。でも周りはどうだ？　何度か言われたことがあるんだよ。あいつが太陽なら俺は月だ、ってな。あいつがいなきゃ俺は光ることすらできない。そういうことだろう？それがどれだけ俺にとって屈辱的だったか、君にわかるか？」

目の前の中野さんから、不穏《ふおん》な空気が流れてくる。

「先ほど、私に聞かせたい話があるとおっしゃったのは、そのことですか？」

「さぁ？」

とぼける口調は冷淡だった。彼が何を考えているのかまったくわからない。

和司さんに対する鬱屈《うっくつ》した気持ちを私に話して、一体何の得になるの？

理解できなくても、一つだけはっきりしていることがある。

それは、この人が紡《つむ》いでいる言葉は、私にとって毒でしかないということ。

やはり彼は飲みすぎているんだ。酔いが回れば、いつもは心の底に沈んでいるわずかな澱《おり》も浮かび上がってきたりする。

しかも意味もなく膨張して浮かんでくるから厄介だ。

そろそろ席を立つべきかもしれない。私がいると、否応なしに和司さんのことを思い浮かべてしまうだろうから。

「中野さんは少しお疲れのようですね。私は先にお暇《いとま》させていただきますので」

傍らのバッグを引き寄せた。

「あの……」

「まだ駄目だ。帰らせないよ」

お会計をと、切り出そうとした私を中野さんが遮《さえぎ》った。

——帰らせない？

私は彼の言葉に眉をひそめた。帰らせないって……

冷たい汗が背中や手のひらに滲《にじ》み、全身に緊張が走った。嫌な予感がする。

「どういうことですか？」

「わからないの？」

聞き返してきた彼のからかうような目を見てゾッとした。

彼の誘いには、何だかわからないけれど、とにかく裏があったんだ。

そして、今の今までそれに気付けなかった自分の鈍さに唇を噛んだ。

どうして和司さんの友達だからと気軽に付いて来ちゃったの！

「……失礼します」

立ち上がって踵《きびす》を返した。

部屋の出入り口はすぐそこ。

外に出てしまえば人目があるし、彼だってそう強引なことはできないはず。

ほんの数歩。だったはずなのに。

あっけなく手首を掴まれて、うしろにバランスを崩した。

声を上げる間もなく強引に引っ張られて、背中を思い切り壁にぶつける。

耳のすぐそばでドンと大きな音がして、衝撃に息が止まった。

強制的に肺から押し出された空気が口から漏れて、思い切りむせる。痛みで視界が滲《にじ》む。

体を折り曲げて苦しさから逃げたいのに、両手を壁に押し付けられて、動くことさえできない。

中野さんは、私を壁に押し付けたまま平然とした顔で見下ろしている。

こんな人にうかうかと付いて来た自分が腹立たしい。

こんな風に好き勝手にあしらわれているのも悔しい。苦しい息を無理矢理整える。

「急に大人しくなったけど、どうしたの？」

わかっているくせに！　精一杯の虚勢で彼を睨《にら》んだ。

本当は怖くて体が震えそうだけど、今はこのピンチからどうにかして抜け出さないと。

「観念したってわけではなさそうだね。いい目だ」

くすくすと笑われ、ますます悔しさがつのる。

「手を……離して、くださ……いっ」

「嫌だ」

「……痛っ！」

手首を拘束する手の力が強められる。

骨が折れるんじゃないかと思うくらい痛くて、思わず身をよじった。

それでもびくともしない。

「ねぇ、君を傷つけたら、あいつはどんな顔をするだろうな？」

私を見ながら、私のことなんか全然見ていない目で笑う。

「こ、こんなことで、和司さんが動揺するわけ……ない、からっ！」

「本当にそう思う？　君がほかの男に抱かれてもあいつは変わらないと？　変わらずに愛してもらえると？　そう思ってるんだ？　君は随分とあいつに愛されてる自信があるんだね」

嘲《あざけ》りの言葉を浴びて、頬《ほほ》が熱くなった。

かせる。

「違う！」

「じゃあ、なに？」

彼は私の両手を頭上で一まとめに拘束する。そして空いた手で私の顎《あご》を掴んで上を向かせる。

怯《おび》えを悟られないように噛みしめていた奥歯がぎりっと音を立てた。

「こんなことで動揺するほど、和司さんは軽くも弱くもない。そう言ってるんです！」

「買い被りじゃねぇの、それ。じゃあさ、試してみようか」

彼のねばつくような笑顔に嫌悪感が増していく。

足掻《あが》けば足掻くほど、手を拘束する力が強まってびくともしない。

泣いてる場合じゃないのに、痛みと悔しさで視界がどんどん滲《にじ》んでいく。

「和司はこんなことで動揺したりしないんだろ？　だったらそんなに抵抗する必要ないんじゃないの？　暴れるだけ無駄だし、俺だって面倒なんだけど」

なっ!?　この人は何を言ってるの？　あいた口が塞《ふさ》がらなかった。

この人は私を人として見ていない。

和司さんを傷つけるためのツール。その程度にしか見てない。

そうわかったら、何だか笑えてきた。

「何がおかしい？」

中野さんは一瞬訝《いぶか》しそうに眉をひそめ、すぐに何事もなかったような無表情に戻った。

「まぁ、どうでもいい」

彼の顔が近付いてきて、首筋に湿った感触を覚えた瞬間、そこにちくりとした痛みが走った。

「つっ！」

何が起きたのか見なくてもわかる。嫌悪感で鳥肌が立った。

「はは。ほら、俺の印がついた。これを見たあいつの顔を想像するだけでゾクゾクするね」

何がそんなに楽しいの？

理解不能な彼の言葉にますます血の気が引いた。正気じゃないとしか思えない。

さっきまで私の顎《あご》を掴んでいた彼の手が、今度はブラウスのボタンを一つひとつ、ゆっくりと外している。

大きくはだけられた胸元から、彼の冷たい手が入り込んでくる。

ブラの上から力任せに胸を掴まれ、その痛みに呻《うめ》き声が漏れた。

和司さん以外には絶対触られたくないそこに感じるのは、彼の手とまったく違う感触。

思いやりも何もない、無造作で機械的な動き。

大きすぎる違和感が吐き気を呼び起こす。

「思ってたより、大きいな」

わざと傷付ける言葉を選んでいるとしか思えない口調で嗤《わら》う。

「それが、どうしたんですか？」

精一杯の虚勢で抵抗した。

そう。私は彼に傷付けられたりしない。

「生意気な女だな。その虚勢、いつまで続くか見ものだ」

「ずっとに決まってるっ！」

それまで胸を掴んでいた手が外れて、スカートの裾《すそ》から中へ潜り込んできた。

太ももを這《は》う指の感触が気持ち悪い。

こんな人に負けたくないという気持ちと、折れてしまいそうな弱い心がせめぎ合う。

唇を噛みしめることで震えと悲鳴を抑え込みながら、どうにかして彼から逃げられないか必死で考えた。

ぶつっと小さな音がして、ストッキングが破かれた。

その隙間から、さらに潜り込む指の感触がおぞましくて、少しでも逃げようと足を動かす。

けれど、それは逆効果だった。もがけばもがくほど、退路が断たれていく。

そして最後にはほとんど身動きが取れなくなっていた。

「ねぇ、抵抗はもう終わり？」

嘲笑《あざわら》うかのような彼の言葉。

虚勢でも何でもいい。とにかく、こんな卑怯《ひきょう》なやり方に負けるのは嫌だ。

離して、なんて言っても聞き入れられるわけがない。

私は大声を上げるために大きく息を吸い込んだ。

すると、私の胸元に顔を埋めていた彼は、顔を上げてにやりと笑った。

「先に言っておくけど、大声出しても無駄だよ。ここ離れだし、人払いするように言ってあるから」

「そんなこと、やってみなきゃわからないでしょ！」

言い返した私の耳に、遠くから何か騒《ざわ》めくような音がかすかに聞こえてきた。

それまで部屋の外から物音なんてまったくしなかったのに。

何だろうと思う間もなく、その騒めきは近づいてくる。

乱暴な足音に、言い争うような声も交じっている。

誰かを押しとどめるような声は女将《おかみ》さんの声に似ている。

それに答える声は……

「あーあ。残念。時間切れか。君の勝ちらしい」

彼のつまらなさそうな言葉と同時に、障子が勢いよく開けられた。

次の瞬間、低く静かな声が聞こえた。

「雪乃から手を離せ」

中野さんの陰になって見えないけれど、その声の主を私が間違うはずがない。

「和司さん……」

知らず知らずのうちに、安堵《あんど》のため息が漏れた。

中野さんの手の力が緩んでいる。私は慌てて彼の手を振りほどいた。

「雪乃から離れろ……って言ってるんだよ。聞こえないのか、晴輝」

地を這《は》うような声が中野さんに向けられた。

傍《はた》で聞いている私でも、身がすくむような声で名前を呼ばれたというのに、当の本人は平然とした表情で和司さんと対峙《たいじ》している。

「よお、和司。案外早かったな」

まるで、何事もなかったかのような言い方だった。

和司さんはそれを無視して私のそばに歩み寄り、上着を肩からかけてくれた。

彼の匂いに包まれて安心したためか、目に涙が滲《にじ》んだ。

「雪乃、遅くなってごめん。大丈夫？」

「は、はい」

涙声になりそうなのを必死にこらえて、ようやくそれだけ言ってうなずいた。

「そう。——兄貴、悪いけど雪乃のことを頼む」

和司さんは私の返事に軽くうなずくと、うしろを振り向いて声をかけた。

「ああ、承知した。佐々木君、こっちへ」

現れたのは館花専務だった。大きな手を差し伸べてくれ、私は彼に促されてその部屋を後にした。

後に残った二人は……？

肩越しに振り返ろうとしたら、専務に遮《さえぎ》られた。

「後のことは和司に任せなさい」

「でも……」

この事態は私の迂闊《うかつ》さが招いたことだし——

「君は悪くない。君は巻き込まれただけだ」

巻き込まれた？　それはどういうことなんだろう？

首をひねっていると、専務が急に歩みを止めた。

そして私の正面に向き直って、スッと頭を下げる。

「家の問題に君を巻き込んでしまった。明らかにこちらの不手際だ。本当に申し訳ない」

「え？　それは……？」

「落ち着いたらちゃんと和司から説明させる。今晩はもう何も考えずに休んでほしい。もうすぐひとみも来るはずだ。彼女に家まで送らせる。いま本館に別室を用意させるから、少し待ってくれるか？　本当ならすぐにここから出たいだろうが……」

「そんなにお気遣いいただかなくても！」

慌てて首を振った。

そこまでしてもらわなくても、最寄り駅までの道さえ教えてくれれば、すぐに帰れる。

そう。あのぐらいどうってことない、から。

「放り出せるわけないだろう？　頼むから送らせてくれ」

「でも、私は本当に大丈夫なんで――」

「佐々木君！」

私の言葉を遮った専務は、そのまま黙り込んだ。

彼は苦々しい顔をして、視線を私の顔――より少し下――首のあたりに投げる。

外されたブラウスのボタンはとっくにかけ直してるけど……？　あ！　もしかしてキスマーク？　やっぱり見えるところに付いているんだ。

私は慌てて首を手で隠した。今さらそんなことをしたって何にもならないってわかっている。

でも、見られるのが嫌だった。

和司さんにも見られたのかと思うと、どんどん気持ちが沈んでいく。

「こんなの、絆創膏《ばんそうこう》を貼っちゃえば大丈夫ですよ。ちょっとお手洗いお借りして貼ってきますね？」

「佐々木君、やめなさい。もういい」

叱りつけるようにきつい口調で言われて、体から一気に力が抜けた。

渡り廊下の片隅で、私は糸の切れた操り人形みたいにへなへなと座り込んだ。

専務はそんな私の横に片膝をついて、心配そうに私の顔を覗き込んでくる。

ああ、そういえば私、助けてもらったのに、まだお礼も言ってない。

「助けてくださって……ありがとう、ございます」

専務に向かって頭を下げた。

「いや、こちらこそ遅くなって悪かった。大丈夫か？」

「大丈夫です。今ので、ちょっと、気が抜けちゃって」

あはは、と笑ったら、専務は一瞬難しい顔をして、それから呆れたような困ったような顔で笑った。そして、思いっきり私の頭をくしゃくしゃとなでた。

私にお兄さんがいたら、落ち込んだときはきっとこういう風に慰《なぐさ》めてくれるんだろうな。

後で髪を直すのが大変だと思っても、やっぱり大きな手は心地よくて安心できて、もう大丈夫なんだって心の底から思えた。

「まったく。君の強情さは、ひとみといい勝負だな」

「ちょっと。誰が強情ですって？」

専務の背後から、迫力満点の声が降って来た。

ぐっと押し黙った専務と一緒にそっと顔を上げると、ひとみさんが腕を組んで仁王立ちしている。

「政義さん！　妙齢の女性に何てことしてるの！　もう！」

いきなりの糾弾《きゅうだん》に、専務は慌てたように手を引っ込めた。

「ひ、ひとみさん！　あの、全然大丈夫ですから、専務を責めるようなことは……」

「これくらい言ったって罰《ばち》は当たらないわ！　さ、雪乃ちゃん、帰りましょ」

ひとみさんのさばさばした明るさが、いつも以上に頼もしい。

私は彼女の言葉に素直にうなずいて立ち上がった。もう、手も足も震えてない。

「政義さん、後は……」

「ああ、わかってる。ひとみ、佐々木君をよろしく頼む」

和司さんは今頃、あの人と何を話してるんだろう？　悪いことが起こってないといいけど……

そんな思いにうしろ髪を引かれて立ち止まっていると、ひとみさんに肩をそっと優しく押された。

「行きましょう。ここにいても私たちにできることはないわ。あなたが今一番しなきゃいけないことは、無事に家に帰り着くこと。わかるわね？」

諭すような彼女の言葉に、私は無言でうなずいた。

「じゃあ、そろそろ行きましょ」

私の肩を抱いて促すひとみさんを遮《さえぎ》って、専務を振り返る。

「専務、あの……」

「どうした？」

「この件はできるだけ穏便に済ませてほしいんです」

「雪乃ちゃん！」

ひとみさんがたしなめるように私の名前を呼んだ。さらに何か言いつのろうとけれど、専務に名前を呼ばれて、彼女はしぶしぶ口をつぐんだ。

「佐々木君、本当にそれでいいのか？　君をひどい目にあわせた輩《やから》に、償《つぐな》いをさせなくてもいいのか？」

「いいんです」

「それじゃ泣き寝入りじゃない！　悔しくないの⁉」

「悔しくないわけじゃないです。でも……」

ただ罪を問い、償ってもらってもきっと虚《むな》しいだけだ。それよりも——私は和司さんの方が心配で仕方なかった。

「わかった。では、とりあえず君の希望を受けよう。だが気が変わったらいつでも和司か私に言うように」

「はい。そのときはよろしくお願いします」

私は一礼してその場を後にした。


ひとみさんは、専務から連絡を受けて自宅から車で駆けつけてくれたらしい。

「ひとみさん、運転するんですね」

何となく意外な気がした。

「私、意外と運転好きなのよ？　安全運転だから安心してね」

「乱暴な運転するなんて思ってないですよ」

軽口に笑い返すと、ひとみさんもまた笑みを深くした。

「ね、お家はどのあたりなの？」

カーナビを操作し始めた彼女に自宅の住所を告げて、地図の表示画面を一緒に覗き込んだ。

「あ、ここです」

「了解。目的地に設定っと」

決定ボタンを押すと、ナビを開始する旨のアナウンスが車内に流れた。

ギアをドライブに入れてサイドブレーキを解除したひとみさんは、一度だけ助手席の私をちらりと見て車を発進させた。

「じゃ、帰りましょ」

「でも、帰る前にドラッグストアね」

ああ、そうか。ストッキング盛大に破かれちゃったから、替えを買わないと。

でも、それならドラッグストアじゃなくてコンビニでもいいのに？

「その手。ご家族に見せるわけにはいかないでしょ？」

「え？」

何を言われてるのかわからず、私は慌てて自分の手を目の前にかざした。

外から入ってくる薄暗い街灯の明かりだけでも、両手首にくっきり付いた痣《あざ》が見えた。

「うわ……」

これは確かに見せたくない。

「とりあえず、湿布と包帯があればいい？」

「たぶん……」

掴まれて痣を作ったことなんてないから、よくわからないけど。

「明日になっても痛みが酷かったら病院へ行くのよ？　あ、治療費はしっかり和司さんに請求してね？　絶対請求するのよ？」

最後までそう念を押すひとみさんに苦笑しながらうなずいて、私は車を降りた。

近くまででよかったのに、マンションの入り口まで送ってもらってしまった。

「ひとみさん、今日はありがとうございました。専務にもよろしくお伝えください」

頭を下げると、ひとみさんは困ったように微笑んだ。

「お礼を言われるようなことじゃないのよ。本当に。落ち着いたらちゃんと説明があると思うから、もう少しだけ待ってあげて。ね？」

「はい」

私は小さくうなずいた。

先日のパーティーで見た和司さんと中野さんは本当に仲が良さそうに見えた。

今、和司さんはどんなに傷付いてるだろう？　それを思うと胸が締め付けられるようだった。

「夜風は冷えるわ。もう中に入らないと風邪ひいちゃうわよ？」

促されて私は車を離れた。

マンションのエントランスホールに入ったところで振り向いた。

明るいエントランスから、ガラスの向こうは真っ暗で、ほとんど何も見えない。

けれど、ひとみさんの車らしいハザードランプが、規則正しく点滅しているのだけは見えた。

きっと私が中に入るまで見送ってくれているんだろう。

ひとみさんの姿は見えなかったけれど、私は笑いながら手を振って踵《きびす》を返した。

夕ご飯はいらないって先に連絡してあったし、普段通りにしていたらきっとばれない……はず。

一番の難関は妙に勘のいい将也だけど、この時間なら部屋にこもってるはずだから大丈夫だろう。

玄関の前で深呼吸を一つ。

バッグから取り出した鍵でドアを開けた。

奥のリビングに向かって帰宅の挨拶をした。

「ただいまー」

「おかえりー!」という、いつも通りの両親の声が聞こえた。きっと二人ともリビングでテレビでも見ているんだろう。

その普通さ加減に無性に泣けてきたので、慌てて目に力を入れた。

こんなところで泣くわけにはいかない。

無人の廊下にほっとして、私は靴を脱いだ。

そうだよね、部屋にこもってる将也にばったり出くわすなんて、そんな間の悪いことがそうそう起きるわけが……

「姉ちゃん、おかえり」

ありましたー!!

「しょ、将也!?」

靴を脱ぎ顔を上げると、目の前に将也が立っていて、文字通り飛び上がった。

この子は一体、いつどこから出てきたの!?

「ん？　そんな驚かなくてもいいじゃん。傷付くなぁ」

唇を尖《とが》らせる将也に呆れた。

「傷付くって……もう。急に声かけられたら驚くに決まってるじゃない！」

「えー」と不満そうな声を漏らす将也の横をすり抜けようとした瞬間——

「ちょっと待って」

背後からふたたび声が掛かった。ぎくりと体が強張《こわば》ったけれど、できるだけ普通に見えるようにゆっくりと振り返った。

「どうかした？」

「その手、どうしたの？」

やっぱり誤魔化せなかった。

袖から少し覗いた包帯の白さに、私は小さなため息をついた。

言い訳はもう決めてある。後は疑われないように告げるだけ。

「ああ、これ？　今日、資料室の整理したのよ。書類がびっしり詰まった段ボールを何箱も運んでたら手首が痛くなっちゃって」

「──へぇ。そう。あんまり無理すんなよ。そんなんじゃ、そのうち大怪我しちゃうよ？」

「わ、わかった。次からは無理しないようにする、から」

最初の間が怖かったけど、将也はすぐにいつもの説教モードに入った。

私もいつも通り拗《す》ねたような答えを返して、リビングへ向かった。

その後は大して焦ることもなく、普段通りに過ごすことができた。

自室に戻ったのも、いつもとほぼ変わらない時間。

机の上に目をやると、充電中だった携帯の着信ランプが緑色に点滅していることに気付く。

慌てて携帯を取り上げれば、留守録が一件。和司さんからだった。

聞きたいような聞きたくないような複雑な気持ちで、メッセージを再生する。

『──和司です』

やや大きいノイズの向こうから、聞き慣れた声が流れてくる。

さっき話したばかりなのに、懐かしくて胸がぎゅっと痛い。

『雪乃。今日は本当にごめん。兄貴やひとみさんから聞いたよ。一番傷付いてるのは君なのに、気を使わせてしまって申し訳ない。明日、できたら病院に行ってちゃんと怪我の治療を受けてほしい。ほかに怪我はしてない？　大丈夫？　明日、また電話する。おやすみ』

いつもより固い声で簡潔に用件を告げられ、あっけなく録音が切れた。

メッセージを消去するか、保存するか、と、音声ガイダンスが繰り返すのをぼんやりと聞きながら、私は通話を切った。

今日は、早く寝てしまおう。

眠れないかもと思いつつベッドに潜り込んだのに、気が付けばあっという間に朝だった。

カーテンの隙間からこぼれてくる光が予想外に強い。

「遅刻!?」

びっくりして飛び起き、すぐ休日だったことを思い出す。

ふたたびベッドに寝っ転がってみたけれど、二度寝はできそうもなかったので、カーテンだけでも開けようと勢いを付けて起き上がった。

一気にカーテンを開けたら、文句のつけようもないくらい綺麗な秋晴れの空が広がっている。

落ち込んでるのが馬鹿馬鹿しくなるな……なんて思える程度には気持ちも回復している。

昨夜のことを思い出すと、まだ身がすくむけど。

和司さんにお礼を言わなきゃ。それに専務とひとみさんにも、もう一度きちんとお礼を言いたい。

そして、軽率な振舞いをしたことも謝らなきゃ。

和司さん、今日はお休みかな？　できれば会って話したいんだけど……

先にメールを送ってみようかな？　私は携帯を手に取ってメール画面を開いた。

いつも「用件だけで味気ない」って笑われるけど、今日のメールもいつもと同じ。

最近やっと躊躇《ためら》わずに済むようになった送信ボタンを押した。

さて。今のうちに朝ご飯食べちゃおうかな。

立ち上がって伸びをしていると、聞きなれた着信音が鳴りだした。

今放り出したばかりの携帯を手に取る。――和司さんからだ。

「はい。雪乃です」

『雪乃？　昨夜はごめん』

いつもより少し低くて、かすれた声が聞こえてきた。

「いいえ、そんな……。和司さんは大丈夫でしたか？」

『俺？　俺は何ともないよ』

いつもより覇気《はき》がなく聞こえる。さっきまではあれほど会って話したかったのに、もしかして迷惑だったんじゃないかと思い始めた。

『それより雪乃。さっきのメールで会って話したいことがあるって言ってたけど、どうかした？』

「あ、どうしても会わなきゃいけないってわけじゃないんです。昨夜のお礼をちゃんと言ってなかったから、言いたくて。でも、急に会って話したいなんて無神経でしたよね。ごめんなさい」

ずっと友達だった人に裏切られて、きっと和司さんはすごく傷付いてる。

『君が俺に礼を言う必要なんてない。俺の方こそ君に謝らなきゃいけない。雪乃、昨日のことはすべて俺の責任だ。申し訳ない。謝って済むようなことじゃないけど』

「ちょっ……」

『いずれちゃんと説明はするから。もうちょっとだけ待ってもらえるかな？　本当にごめん』

和司さんは私の制止も聞かずに言葉を続ける。和司さんらしくない切羽詰まった話し方だ。

『それから……』

「それから？」

嫌な予感がする。聞かないで済むならその先は聞きたくない。

『夏頃、君に結婚してほしいって言っただろう？　あれ、取り消させてもらいたい。今のままだと俺は君をまた傷付ける……』

聞き間違いだと思いたかったけど、彼の言葉はそれを許してくれないほどはっきりしていた。

「わ……かり、ました」

なかば呆然としたまま、私は返事をしていた。

ああ、終わったんだな……そんな思いが頭の中をぐるぐると駆けめぐる。

プロポーズを取り消したいという彼の言葉が頭の中を占領していて、それから何を話したのかあまり覚えていない。けれど「時間がほしい」という彼の言葉だけは耳に残っている。

気が付くと、私は通話の切れた携帯を握りしめたまま、窓の外に広がる青空を見つめていた。

「敵に付け入る隙を与えるな」

「強くなれ」

いつか、館花専務が私に言ってくれた言葉を思い出す。

あの言葉を私は軽く考えすぎていた。それが今になってわかる。

昨日、中野さんに付け入る隙を与えたのは私。

強くなりたい、そばにいたいなんて口先だけで、私は今も愚かで弱いまま。

――そうだ。私に和司さんの隣にいる資格はなかったんだ。

今頃気付いて、何て私は馬鹿だったんだろう。

後悔してももう遅い。

急に視界が滲《にじ》んだ。涙が一つ、太ももの上に乗せた握り拳に落ちた。


その日から、私の世界は色褪《いろあ》せた。

彼という存在が、私の生活にどれだけ影響していたのか、改めて思い知らされた。

和司さんに出会うまで、どうやって日々の時間を過ごしていたのか。

そんなことも思い出せなくて、空き時間のたびに途方に暮れた。

あの日、彼が言ったプロポーズを取り消したいという言葉をどうとらえていいものか、私はいまだに悩んでいた。

言葉通り、結婚の話を白紙に戻したいということなのか。

それとも、恋人関係自体を解消して、別れたいという意味なのか。

答えを聞くのが怖くて、私は彼に問いかけることができなかった。

少し時間がほしいという彼の言葉を言い訳にして、私は自分から連絡しなかった。

彼からの連絡もない。

それをいいことに、結論をずるずると引き延ばしていた。

なるべく普段通りに振舞っているつもりだけれど、勘のいい友人たちや将也は薄々何かあったと感じているようだ。

けれど、何でもないからとその心配を笑い飛ばす。

そうしていれば、誰もそれ以上追及しようとはしてこなかった。

手首の痣《あざ》が完全に消えて包帯が必要なくなった頃。

残業を終えて帰宅すると、玄関でこれから出かけるらしい将也と鉢合わせした。

「あれ？　将也、今から出かけるの？」

「ああ。ちょっと友達と会ってくるんだ」

その言い方が少し引っかかった。

「こんな時間から？」

「こんな時間からって言われても……。いつものことだろ？」

確かに将也は夜通し友達と飲んで、明け方に帰って来ることもあるけど。

でも、そういうときとは雰囲気が違う。

「でも」

「大丈夫だって。そんなに遅くなんないから。も ー、姉ちゃんは心配性だなぁ」

そんな軽口を叩いて、将也は家を出ていった。

◆　◆　◆

「和司。中野の噂はもう聞いてるか？」

兄貴がそう俺に聞いてきたのは、取引先から帰社する車の中だった。

「中野の？」

「ああ」

「経営が怪しいってことは聞いてる」

この前会ったとき、晴輝はそんなことはおくびにも出さなかったけどな。

相変わらず軽口ばかりだったし、まぁ外食産業はどこも厳しいらしいから、よくある噂だろうと思っていたんだが……。兄貴の言い方は引っかかる。

「ほかに何かあるのか？」

「ん？　ああ。まぁな。だが、ソースが不確かなんでな。お前なら何か聞いているかと思ったんだ。すまんな。今の話は忘れてくれ」

それだけ言うと、兄貴はまた窓の外の暮れはじめた街に目を向けた。

なんだよ。思わせぶりな言い方しやがって。気になるじゃねーかよ！

心の中で悪態をつきつつ、俺は手元の資料に目を落とした。が、内容が頭に入ってこない。

資料から目を上げてため息を一つ吐いた。気になることをそのままにしておくのもなあ。

念のため、後で少し調べてみるか。

そう決めた途端、胸ポケットに入れていた携帯が震えた。雪乃からのメールだ。

ということは、もう彼女の仕事は終わったのか。もう電車に乗っている頃だろうか。

それとも友人の酒井さんたちと、どこか寄り道でもしてるだろうか。

あーあ。俺も早く帰れたら、会いに行けたかもしれないのに。

会社に帰れば、まだまだ仕事は残ってる。

「――は？」

メールを開いた俺は、ついついそんな間抜けな反応をしてしまった。

隣の兄貴が呆れたような目で俺を一瞥し、また目を車外に戻しながら俺に声をかけた。

「どうした、和司」

これは一体どういうタイミングなんだ。

「雪乃が晴輝と会ったらしくてさ。今から晩飯を一緒に食べるそうだ」

「――おい、それ、放っておいていいのか？」

いいのか？　と聞かれても困る。嫉妬《しっと》丸出しで食いに行くなとも言いにくいだろ？

まさか兄貴はひとみさんに堂々と行くなって言っているわけか？

それでそれを当たり前と思っていると、そういうことなのか？

うわ。それなら引く。我が兄ながら引く。

「何かお前、誤解してないか？」

マジマジと横顔を見つめていたら、兄貴が苦虫を噛み潰したような心底嫌そうな表情を浮かべた。

「さっき言っただろう。妙な噂を聞いた、と」

「詳しい話、知ってるなら聞かせてほしいんだけど」

「確たる証拠はないぞ？　単なる噂話に過ぎない。それでもいいか？」

くどい。念を押す兄貴に向かってうなずいた。兄貴は少し躊躇《ためら》った後、口を開く。

「相当、経営状態が悪いらしい。あれはもう時間の問題だ。彼が経営に参加してからだいぶ持ち直したとは聞いていたんだが、やっぱり一人じゃ旧悪を排除しきれなかったんだろう」

「それが、どうやったらさっきの話に結びつくんだ？」

「話は最後まで聞け。――中野は商売柄、様々な人間の弱みを知っている。それを使って金を用立てているという噂がある」

それはつまり、業務上知り得た顧客の秘密をネタに恐喝《きょうかつ》を行っている。そう言いたいのか？

「まさか、晴輝がそんなこと！」

「真偽のほどはわからん。初めにそう言っただろうが！　落ち着け。お前の友人だから悪く言いたくはない。だが、そんな噂のある男と佐々木君を二人きりにするのは少し不用心ではないか？」

「っ！」

兄貴の真っ直ぐな視線を受けて、俺は目を泳がせた。

晴輝を信じたい。だが、兄貴の言葉も否定しがたい。

脳裏に雪乃の笑顔が浮かんだ。

あぁそうか。迷う必要なんてない。最悪の場合を考えて動けばいい。

間違いならそれで構わない。狭量《きょうりょう》な彼氏を演じればいいだけのことだ。

自分に都合のいいことだけを選んで、信じて、取り返しのつかない事態を招くよりよっぽどいい。

俺は雪乃に電話をかけようと携帯を取り出した。

液晶画面にメールの着信の知らせが一件表示されていた。送信者は中野晴輝。

『君の大事なお姫様をお借りする』

本文はたったの一行。

くそ！　晴輝、これはどうとらえればいいんだ。

単純に一緒に飯を食うっていう連絡か？

それとも、何かよからぬことを考えているという宣戦布告か？

はやる気持ちを抑えて、雪乃の携帯を呼び出す。しかし、着信に気が付かないのか、まったく繋がらない。

何度かコールしたものの、聞こえてくるのは留守番電話サービスへの接続をアナウンスする機械的な声だけだ。

苛立ちを舌打ちで紛《まぎ》らわせて、今度は晴輝の携帯に電話をかける。だがこちらも出ない。

故意に出ない……そういうことか？　もちろんマナーモードのまま鞄に突っ込んでいるなんて悪意のない偶然も考えられる。だが、そんな都合のいいことばかりを期待するわけにはいかない。

「兄貴、悪い。俺、ちょっと行ってくる」

「二人の行き先に見当はついてるのか？」

「ああ。たぶん、あいつの店だ。悪い、ここで降りる」

ちょうど信号待ちで停車している。降りるなら今だ。

「ちょっと待て、この馬鹿が」

ドアを開けようとした俺の頭を、兄貴がうしろから思い切り小突いた。

「いてっ！　何すんだよ！」

「落ち着け。ここで降りても仕方ないだろうが。乗っていけ。私も同行する。それなら何の問題もないだろう？」

「だけど！」

「いいから行くぞ。和司、ほら早く案内しろ」

わかったとうなずいて、運転手に指示を出す。

昔はよく、あの店の離れで馬鹿騒ぎをした。たぶん雪乃と晴輝はあそこだ。

もしあそこにいなければ、ほかに心当たりはない。万策尽きる。

が、俺には確信があった。

もし晴輝が本気で雪乃や俺に害を加えるつもりなら、雪乃にメールなんて送らせないし、晴輝自身もあんなメールを送り付けてこない。もっと上手くやるはずだ。

それをあえてやるからには、見つけてもらいたがってるんじゃないのか？

それなら、必ずわかりやすい場所にいるはずだ。

苛々しながら待つ時間ほど長いものはない。

それをじっと耐えて、晴輝の店に到着したのはだいぶ時間が経過してからだった。

俺たちはこんな日に限って遠出していた。

まさか、俺と兄貴がいない日を狙ったんじゃないだろうな!?

晴輝の情報収集能力を考えると、それもあながち間違いじゃない気がする。

駐車場に停車した途端、待ちきれなくて飛び出した。うしろから兄貴の制止する声が聞こえたけれど無視する。

俺は充分に待った。これ以上は待てない。

視界の端に見慣れた車が映って足を止めた。件《くだん》の車は駐車場に設置された灯りに照らされてナンバーがはっきり見える。

晴輝の車だ。間違いない。俺はそれを確認して、再び走り始めた。

乱暴に店の扉を開けると、長いことここで下足番《げそくばん》をしている男と目が合った。

この男はいつでも感情の見えない目をしていたはずだ。

だが、俺をじっと見つめる目に、もの言いたげな光が浮かんでいる。

それは深々とした礼に隠れてしまったが、俺は確信した。雪乃と晴輝はここにいる。

慌てたような足音が聞こえて女将《おかみ》が顔を出す。平静を装ったつもりかもしれないが、これだけ足音を乱すのだから、語るに——いや語ってないが——落ちるというところか。

自然と笑みが漏れた。

それがだいぶ凶悪な面構《つらがま》えだったのか、俺の目の前に立ち塞《ふさ》がった女将《おかみ》が、ぐっと息を呑んだ。

「館花様。いらっしゃいませ。今日のご予約は……」

「ああ、予約はしてない。ちょっと野暮《やぼ》用があってね。——いるんだろう?」

女将を遮《さえぎ》って、そう聞いた。

どうせとぼけるに決まってるから、はなから答えなんて求めていなかったが。

「いる、とは一体……?」

「しらを切る必要はないよ。わかっているからね。君は俺に無理矢理押し切られたって言えば、それでいいから」

彼女の脇をすり抜けて奥へ進む。

勝手知ったる晴輝の店だ。何度も通っているから迷うはずはない。

「お待ちください!」

職務に忠実なのは感心だが、今はとにかく鬱陶《うっとう》しい。

「邪魔をしないでくれないか。晴輝のしてきたことすべてに見なかったふりができた君だ。俺のすることにだって見なかったふりぐらいできるだろう?」

見る間に女将は青ざめた。やっぱりそうか。簡単なカマをかけただけだが、兄貴がさっき言ったことは図星だったらしい。

密談という名の恐喝《きょうかつ》は、ここで行われていたということか。

「和司。構ってないでさっさと行け！」

ようやく追いついた兄貴がうしろから急《せ》かす。言われなくてもわかってるっての。

俺は無言で先を急いだ。

うしろでは兄貴と女将の押し問答する声が聞こえてくるが、ほどなく兄貴も追い付くだろう。

兄貴は俺に輪をかけて容赦《ようしゃ》がないからな。

渡り廊下を足早に進みながら、離れの様子を見る。

予想通り、明かりがついている部屋は一つだけだ。

その部屋から争うような声が漏れ聞こえてきた。くぐもっていて話の内容まではわからない。

だが、からかうような晴輝の声に抗《あらが》っているのは、紛《まぎ》れもなく雪乃の声だ！

気が付くと、俺は力任せに障子を開け放っていた。

途端に目に飛び込んできた光景は悪夢そのもの。

俺以外の男の手で、壁に縫いとめられている雪乃の姿も、それをしているのが自分の親友だということも、みんなみんな悪い夢だと思いたかった。

「雪乃から手を離せ」

それが自分の声なのか、疑いたくなるくらい暗く低い声だった。

力を抜いたのか、晴輝の肩が落ちる。と同時に、雪乃が思いっきりその手を振り払うのが目に入った。

ああ。雪乃は大人しそうに見えて気が強いからな。

こんな目に遭っても心が折れていない彼女の強さに感謝の念すら覚える。

少しだけ冷静さを取り戻せた。

「雪乃から離れろ……って言ってるんだよ。聞こえないのか、晴輝」

ゆっくりと晴輝が振り返った。何か言ったようだったが無視して雪乃に声をかける。

追い付いてきた兄貴に彼女を預けて、ふたたび晴輝と向き合った。

言いたいこと、聞きたいことがあるのに、どう切り出すべきか迷った。

何をどう言っても、今の晴輝には届かない気がする。

「意外と冷静なんだな。拳《こぶし》の一つでも飛んでくるかと思ってたんだがなぁ」

先に口を開いたのは晴輝の方だった。

「は？　冷静？　んなわけないだろ。殴る価値もない。そういうことだ。馬鹿野郎」

「――そうか」

「そうか、じゃねえだろ。ふざけんな！　何考えてんだよお前」

胸倉を掴んで締め上げた。

「何でこんなことをした？　お前に何のメリットがあるっていうんだ！」

「メリット？　ああ。お前が後生大事にしてるもんを壊してみたかったんだよ。それでお前がどんな風に傷付くのか見てみたかったんだよ！」

「――ふざけんな。そんな馬鹿馬鹿しい感傷に関係ない人間を巻き込むな！」

「巻き込むな？　はん！　相変わらずいい子ちゃんで。お前のそういうところが、俺は昔から大嫌いだったんだよ！」

「晴輝、お前、何言って……」

「うるせえ！　俺が必死で会社を立て直そうとしてるとき、お前は何をしてた？　楽しく生きてたんじゃねえのか⁉　いい加減うんざりなんだよ！　何で……何でお前ばっかり恵まれてんだよ‼　いつもいつも飄々《ひょうひょう》と俺の前を行きやがって。どれだけ俺が努力したってお前には敵わない。そのみじめさがお前にわかるか⁉」

「ふざけんな！　そんなことのために雪乃をを傷付けたのか⁉」

握った拳が震えた。さっき殴る価値はないと言ったばかりだが、わずかでも気を緩めたら手が出てしまいそうだった。

握り込んだ手のひらに爪が食い込む痛みで、かろうじて衝動を抑えているだけだ。

「必死で立て直そうとした？　汚い手を使って？」

「汚い？　何がだ？　少し話をしただけでみんななぜか親切に融資を申し出てくれるだ

けだが？」

薄ら笑いを浮かべる晴輝の顔を、思い切りぶん殴りたい衝動に駆られたが、ぐっとこらえる。

「よくそんなことが言えるな。そんな卑怯《ひきょう》なことをしてるお前に、責められるいわれなんてないね。自分が不幸なら何をやってもいい、お前はそう言ってるんだぞ？　正気か？」

「さて、どうだかな。正気なのか、おかしくなっているのか、俺にもわかんねえよ。もう終わりなんだよ。どうやっても、もうこれ以上は無理なんだよ！　なら、周りも道連れにしてやる。みんな、不幸になればいい。うちの親も、役員どもも、そしてお前もな」

暗く落ち込んだ目に、絶望と追い詰められた者特有の狂気を浮かべながら、晴輝は呪《じゅ》詛《そ》のような言葉を吐いた。

「お前に引きずられるほど俺は弱くない。見くびるな。せいぜい一人で落ちて行け」

もうこいつに言うことは何もない。長い付き合いだが、これで終わりだ。

締め上げていた手を離すと、晴輝は崩れ落ちるようにズルズルと座り込んだ。

首のあたりをさすりながら軽く咳《せき》込んでいる様子を見下ろして、俺は踵《きびす》を返した。

立ち去ろうと足を一歩踏み出したとき、背後からくくく、と嫌な笑いが耳に届いた。

「そんなに弱くない？　お前はそうだろうよ。お前は、な」

やつの妄言《もうげん》に耳を貸すべきじゃない。頭ではわかっていたが、足が止まった。

「何が言いたい？」

「いや、お前の代わりに標的になるのは誰だろうなぁ？　今日みたいなことはこれからも彼女の身に降りかかると思ってな。彼女はお前がこれまで付き合ってきた計算高い女たちとは違う。身を守る術《すべ》も、標的になる覚悟もない女だ。そんな女を、守れもしないくせにそばに置いて、それでお前は満足なのか」

にやにやと荒《すさ》んだ笑みで、晴輝は俺を見上げている。

「じゃあ彼女はどう思ってる？　いくら傷付いてもお前といたいと思ってるのか？　なあ、和司。それは彼女にとって幸せなことなのか？」

「よく回る口だな。その手の挑発には乗らない。馬鹿にするな。そんな下らないことを考えるくらいなら、自分の心配でもしたらどうだ」

そう吐き捨てて、今度こそ立ち止まらずに部屋を出た。

苛立って煮えたぎる腹の下に冷たい氷があるようで、この状況を納得してしまっている自分がいる。

まるで昔から、こんなことがいつか起こると予感していたようだ。

俺はこれまで積み重ねてきた晴輝との関係すべてに決別するために一度目を瞑《つぶ》った。

それから兄貴と合流すべく歩き出した。

あれほど気に入っていた中庭の景色はまったく目に入らない。

何年前だっただろう。わざわざ渡り廊下に酒を持ち出して、月見酒だなんて屁理屈こねながらしこたま飲んで、女将《おかみ》に叱られたこともあった。

いい思い出だと思っていた——さっきまでは。だが、もうそれは粉々に壊れてしまった。

そうさせたのは晴輝か？　それとも俺自身か？

「もう終わったのか？」

不意に声をかけられて、弾かれたように顔を上げた。

柱にもたれていた兄貴が、ゆっくりと体を起こした。

「ああ」

短く返事をすると、いきなり右手を掴まれた。

「な、何すんだよ！」

兄貴は何も答えず、俺の手の甲をまじまじと見ている。

晴輝を殴ったと思われてるわけか。

「そんなガキっぽいことはしない。離せよ」

「ガキっぽいことはしない、ねえ……？」

手をひっくり返されて、血を滲《にじ》ませた爪の痕《あと》が露《あら》わになった。

「っ!!　うるせえよ。いいだろ、これぐらい」

勢いをつけて兄貴の手を振り払う。兄貴もそれを予想していたのか、あっさりと手を離した。

「それで？　気は済んだのか？」

「済むわけないだろ！」

「だろうな。で、どうする？」

兄貴の問いに対して、俺は答えを持っていなかった。

おそらく晴輝が今までやって来たことは、あいつの独断じゃない。絶対に上が――あいつの父親あたりが絡んでいる。次は俺を――いや、うちをターゲットにしろと言われたのか。

それとも親しいんだから融資を取り付けて来いと言われたのか。

そして俺との板挟みで悩んだ挙句《あげく》に自棄《やけ》を起こした。真相はおそらくそんなところだろう。

一番いいのは、晴輝を含め、うしろ暗いことをやって来たやつらをあぶりだして、これまでの悪行を白日《はくじつ》の下にさらすこと。やろうと思えば、それはそう難しいことじゃないはずだ。

あいつのことだ、法に触れるようなやり方はしていないだろうが、社会的制裁を受けさせることくらいできる。

けれど……あいつは誰かに引導《いんどう》を渡されたがっている。誰かに断罪されて、それで楽になりたがっている。

兄貴やあいつの口ぶりからしても、中野がダメになるのはほぼ確実だ。放っておいても崩壊するなら、わざわざ引導を渡して、あいつを喜ばせてやる義理などない。

「破滅したがってるやつを破滅させたって仕方ない。喜ばせるだけだ」

「ほう。それで？」

「――わからない」

冷静なつもりでいるんだが、やはり混乱しているのか、いつものように頭が働かない。こんなことは初めてだ。

「なら、私に少し預けてみないか。悪いようにはしない」

「きっと、それが最善の方法なんだろうな。頼む」

頭を下げれば、兄貴は俺の頭をぐしゃりとかき回した。まだ兄貴の後ばかり追いかけていた子どもの頃、よくやられたことだ。

あぁ、やっぱり俺はまだまだこの人に敵わない。

「用が済んだなら行くぞ」

さっさと歩き出した兄貴の後を追った。先を行く兄貴が、ふと足を止めて振り返った。

「和司。お前が守りたいのは誰だ？」

「決まってる」

「何かを守るということは、同時に何かを捨てることだ。本当にわかっているのか？」

ああ、言われなくてもわかってるさ。

「お前のくだらない意地と、佐々木君と、どっちが大事なんだ」

「何だと⁉」

頭に血が上った。「くだらない意地」。そう揶揄《やゆ》されたことが悔しかった。

「今回の件はこれでいい。だが次に同じようなことがあったら、お前は守りきれるのか？　もっと非情になることを覚えろ。お前の甘さがいつかお前の足元をすくうかもしれない」

兄貴の言うことは正しい。だが、割りきれなくて唇を噛んだ。

「今はお前も冷静になれないだろう。少し頭を冷やせ」

「ああ」

夜気《やき》にあたっても、頭は冷えそうになかった。


長い夜が明けた。

浅い眠りから無理矢理意識を引きはがしたものの、睡眠不足の体は重たくて、ため息ばかりがこぼれる。

今日が休日で本当によかった。洗面台の鏡で、クマのできた自分の顔をうんざりしながら眺めた。

もう一眠りしようかと寝室に戻ると、携帯がメールの着信で震えていた。雪乃からのメールだ。

恐る恐る開いてみると、何事もなかったかのようにいつも通りで、彼女のいじらしさに胸が痛くなる。

きっと彼女は俺からの電話にも、いつも通りに出るんだろう。色々なことを察して気を遣う優しい子だから、今の俺の心情を思って、自分の気持ちは抑え込むんだ。

守る、俺が付いてる、そう言いながら、俺は彼女の優しさに甘えているだけなんじゃないのか？

雪乃は優しいから、何も言わずに俺に合わせて、俺はそのことに気付かないで彼女を振り回し、知らず知らずのうちに危険にさらしていたんじゃないのか？

悔しいが、昨夜、晴輝が言っていたことはある部分では正解だ。

――それは彼女にとって幸せなことなのか？

やつが放った言葉が脳裏に蘇《よみがえ》る。雪乃は俺と一緒にいて幸せか、不幸か。

彼女に直接聞いたって、幸せだと答えるに決まってる。

だけど、本当にそうなのか？　俺にはわからない。

結論を出せないまま雪乃の携帯を呼び出すと、遠慮がちな声が耳元に流れてきた。

彼女を幸せにしたい。それだけは決まっている。だが、そのためには……どうすればいい？

心が決まらないまま、俺は逃げを打った。

「夏頃、君に結婚してほしいって言っただろう？　あれ、取り消させてもらいたい」

卑怯《ひきょう》だという自覚はあった。が、昨日の傷に蓋《ふた》をしたまま今まで通り一緒にいたら、また同じようなことの繰り返しになるんじゃないのか？

そう考えると怖かった。だから俺は問題を先送りにした。

『わ……かり、ました』

電話の向こうから呆然とした雪乃の声が返って来た。

ごめん、雪乃。心の中で詫びながら「落ち着いたら電話する」と告げて電話を切った。

切った途端、自分に対する苛立ちが湧き起こってきた。少し冷静になりさえすれば、何をどうしたらいいのか、最善の方法がすぐにわかるはずなんだ。

なのに、それができない。雪乃のことになると冷静になれない。

「くそ！　何なんだよ！」

吐き捨てた言葉は何の役にも立たず、朝日の射《さ》す床に虚《むな》しく落ちた。

「落ち着いたら電話する」

俺が自分でそう言った。だから、雪乃からの連絡は一切なかった。彼女の性格を考えればそれは当然のことだ。朝起きて、仕事をして、帰って、寝る。それを繰り返して一週間が過ぎ、十日が過ぎてしまった。

その間に、晴輝のところがいよいよ危なくなったというニュースが世間を騒がせた。どこでどう話がついたのか、それは俺の知るところじゃない。

が、晴輝の父親をはじめ旧経営陣はみんな退陣し、経営の刷新《さっしん》が図られることになったそうだ。立て直しに着手する新経営陣の中に、晴輝の名があった。いくら今まで旧体制派に異を唱えてきた立場だったとはいえ、追い落とされた前社長の息子だ。あいつへの風当たりは相当キツイはずだ。

それを知った上で引き受けたというなら、相応の覚悟があるのだろう。

あいつのことは許せない。だが今後、あいつがどう会社を立て直して行くか、興味はある。

「朝からしけた顔をするな。こっちまで気が滅入るだろうが」

そんな悪態をつきながら、兄貴は俺の机の上に書類の山を築いた。

「二時間でケリを付けておけ」

目の前の山と二時間というリミットに、館花政義という鬼を見た。

思わず「マジかよ……」と独り言をこぼすと、真面目な顔で「マジだ」と返って来る。

仕事の虫に冗談は通じない。俺は早速、一番上に積まれた書類に手を伸ばした。

「ところで和司、中野の件は聞いているか」

「ああ。ニュースと新聞でな」

「あれにはうちの会長と社長が絡んでいるからな。一応それも知らせておく」

はあ!?　何で親父と祖父さんが絡んでるんだよ！　俺が蚊帳《かや》の外のまま話が進んでるのも、おかしいだろ。

書類から顔を上げて、どういうことだと目で促すと、兄貴は肩をすくめて苦笑いを浮かべた。

「あの二人、個人的に動いたようだ。だから私も、つい数日前まで知らなくてな」

「何でまた……。兄貴、あの件のこと、二人の耳に入れたのか？」

「いや。俺は話していない」

兄貴は俺の問いに、首を横に振った。

「つい先日、あの二人が『中野は面白い』と雑談しているのを耳にした。料亭での一件のあと、私もひそかに動いていたからな。正直、あの二人が『中野』の名前を出した時はどきっとした。それで何のことかとストレートに聞いてみたんだが、『今に分かる』とニヤニヤ笑いを返されただけだ。どこまで知ってるんだか、知らないんだか。まったく食えない狸どもだ」

父さんや祖父さんには、兄貴や俺の知らない人脈も多い。どこからどう情報が筒抜けになっていてもおかしくはない。そう頭で分かっていても、薄ら寒く思う気持ちは止められない。

「まさか、俺の親友が大ピンチだから単なる親切で助けた――なんてことはないよな?」

「まぁな」

純粋な人助けだなんて絶対にありえないと思いつつ、兄貴が尋ねたところ、父さんから返って来た言葉は「私が親切心《それ》だけで動くと思うか?」だそうだ。

「まぁ俺たちにはわからんものが、あの二人には見えてるんだろうさ。私もお前もまだまだだってことだ」

深いため息で締め括る兄貴の顔を眺めているうちに、俺にもため息が伝染した。

「狸か」

「ああ。大狸だな」

「それも二匹」

俺たちは顔を見合わせて、肩をすくめた。

うちには老獪な大狸が二匹もいる。いつになったらその二匹に追いつけるんだろうか。気が遠くなってきた。

残るは、雪乃と俺の問題だけだ。

事情を知るひとみさんからは、「あなたたち、どうなってるの!?」と何度か詰め寄られた。

が、驚いたことに、「当人同士の問題だろう。外野が口を挟むものではない」と兄貴がなだめてくれた。まぁ、兄貴からも、もの言いたげな視線を感じることはあったが、口を出されることはまったくなかった。

冷静になればわかると思った答え。それは意外と早く出た。

雪乃を手放すなんてことは俺にはできない。

だが、心は決まっていても覚悟が決まらなかった。

俺の出した答えは、最終的には彼女に負担を強いるだろう。これからだってトラブルは起きる。

誰に言われなくてもわかっていたことだったが、晴輝の出現で現実味を帯びた懸念《けねん》になった。

だから、一歩を踏み出せないでいた。

「あー……。俺、本当に何やってんだろ」

我ながら情けない。深々とため息をついてオフィスの天井を仰いだ。

雪乃は今頃何してんのかな……もう家に帰った頃か？　ああ、それより元気でやってるんだろうか？

行こうと思えばいつでも会いに行ける。そんな近い距離にいるはずなのに、まるで海を隔《へだ》てた場所に住んでいるかのように遠く感じる。

どうやって踏み出せばいい？　どうやって気持ちを伝えたらいい？

そして彼女の本心を聞くにはどうしたらいい？　そんなことばかりが脳裏に浮かぶ。

でも、いつまでもこうやって天井を見てばかりはいられない。

今日は兄貴も帰ったし、俺もそろそろ退社しよう。

パソコンをシャットダウンし、帰り支度を始めると、胸ポケットに入れていた携帯が鳴った。

『佐々木雪乃・自宅』

表示された名前を見て、俺は首をひねった。彼女の家の電話番号は聞いていたが、彼女から電話がかかってくるときは必ず携帯からだ。

固定電話からかかってきたことなど、これまで一度もない。

まさか、彼女に何かあったのか⁉

携帯を握る手に冷たい汗が滲《にじ》んだ。慌てて通話ボタンをスライドする。

「はい。館花です」

焦って、早口で名乗ってしまう。

『――館花さん？　俺、佐々木将也です。雪乃の弟の』

「将也君。もしかして雪乃に何か？」

逸《はや》る気持ちを抑えきれず、挨拶もすっ飛ばして一番気になっていることを尋ねた。

『え？　あ、ああ。姉ちゃんなら元気ですよ』

その答えにほっと胸をなで下ろす。とりあえず雪乃が元気ならいい。

『館花さん、あんたに話したいことがあるんだ。悪いけど、今日これから会えない？』

俺は即座にそれに応じた。


将也君の指定した場所は、佐々木家があるマンションの向かいの公園だ。

約束の時間より少し早く着いた。

「雪乃の家はあのあたりか？」と目の前の建物を見上げながら、先日お邪魔したときの記憶を頼りにぼんやりと考える。

「館花さん」

名前を呼ばれてに我に返った。声の方向に視線を巡らせると、見知った姿がある。

「将也君か。早かったね」

「そっちこそ」

彼は素っ気なく言って、俺の横をすり抜けて公園の中へ入っていく。付いて来いということだろう。

公園の中は防犯対策のためか、意外と明るかった。細部は見えないが、ざっと見渡す限り管理が行き届いているようだ。おそらく日中は利用者の多い公園なんだろう。

だが今は時間も時間だけに、中を通る人間もいない。

「単刀直入に言うよ。あんたさ、いったい何やったんだよ？」

彼の話の内容にはそれなりの見当はついていたが、やはり面と向かって聞かれると言葉に詰まる。

「あんたのせいだろ？　何日か前、姉ちゃんが青い顔して両手に包帯巻いて帰って来たんだよ。その日以来、様子がおかしい。痛々しくって見てられねーんだよ！　一体何があったんだ。あんたは姉ちゃんに何をしたっ‼」

「……すまない」

射殺すような目で睨《にら》んでくる彼の視線を受け止めて詫びた。

「あの怪我、あれもあんたの仕業か⁉」

「すべては俺の甘さが招いたことだ」

「は？　何言ってんだよ。それじゃわかんねーだろうが！」

「悪いけど詳しいことは言えない」

雪乃が黙っているなら、俺が勝手に喋るわけにはいかない。

「――あんたがやったんじゃないってことか？」

「ああ。だが、俺のせいだ」

「そう。これ以上は聞いても無駄そうだね。いいよ。じゃあ質問を変える。あんたさ、姉ちゃんのこと、どう思ってんの？」

「君には信じてもらえないかもしれないけれど、俺は彼女が大好きだ。大切に思ってる。それが単なる俺の我儘《わがまま》だってわかっている。けれど、好きだから俺は……」

　彼女を手放せない――そう続けようとしたけれど言えなかった。

　いきなり左頬《ほほ》に衝撃が来たからだ。こらえきれずに少しよろめいた。

　彼に殴られたと気付いたのは、口の端から流れた生温かいものが、ぼたりと地面に黒い染みをつくったのを見てからだ。

　口元を手で拭《ぬぐ》ってゆっくりと彼に向き直った。仁王立ちで右手をきつく握っている彼の目が、街灯の明かりを受けてギラギラと光っていた。

　殴られて当然のことをした。その自覚があったから、殴られたことに怒りはなかった。

　だが、次の言葉には少なからぬ衝撃を受けた。

「だから別れるって言うのか？」

「なっ！　別れる!?」

「姉ちゃんのあの落ち込み具合を見たら誰でもわかるっての。あの後からあんたの話をしなくなったしな。あれ見て気付かなかったら、ただの馬鹿だろ」

別れると言った覚えはないが、思い返してみれば、最後の電話での俺の発言は、そう誤解されてしまうものだったかもしれない。

あのときは自分のことで精いっぱいで、どうやったら彼女を守れるかわからなくて、雪乃の気持ちまで考える余裕がなかった。

だが今さら誤解だと弁明して何になる？

俺にそんなつもりがなくても、結果的に彼女がそう受け取ったとしたら、釈明は無意味じゃないのか。

彼女の中で、もう俺との別れが決まっているのなら、それは……

黙り込んだ俺の態度を肯定とみなしたのか、彼は俺の胸倉を掴んで引き上げた。

首が締まって息が苦しい。が、抵抗する気は起きなかった。

「俺はあんたのことが嫌いだ。ずっと姉ちゃんにふさわしくないって思ってた。だけどな、姉ちゃん、あんたのこと、すげー大好きそうだったし、あんたも姉ちゃんを大事にしてるように見えた。だから俺は仕方なく認めてやろうと思ってたのに、何なんだよ、この体《てい》たらくは！」

「申し訳、ない」

「あんたさ、それでいいのか？　俺にはあんたも姉ちゃんも『本当は別れたくない』って思ってるようにしか見えないんだけどね。姉ちゃんの気持ち、ちゃんと聞いたか？」

「それは……」

彼の問いに答えられず、俺は視線を逸《そ》らした。雪乃の気持ちを聞くのが怖くて、先延ばしにしてきた。

「やっぱり聞いてねーのかよ。だろうと思った。ほんっと、あんた馬鹿だな」

彼は呆れ顔で俺を掴んでいた手を離した。急に呼吸が楽になって軽くむせる。

「もう一回言うけど、俺はあんたのこと嫌いだ。それはきっとこれからも変わらない。でもさ、なんか変にこじれちゃってるみたいだし？　姉ちゃんが悲しい思いするのも嫌だし？　一回だけお節介焼いてやる」

言うが早いか、彼はポケットから出した携帯で電話をかけ始めた。

しばらくすると、軽く咳《せき》払いをしてから喋り出す。

「あ、俺。うん。あのさ、今、家の前の公園にいるんだ。でさ、緊急事態なんだけど。いや、冗談じゃないってば。すぐ来れる？　実は館花さんがさぁ――あ。切れた」

話の流れで誰にかけたのかやっとわかった。

「もー。話は最後まで聞けっての。せーっかく迫真の演技で『館花さんが大怪我を』って言いたかったのにー」

「君は何を……」

「うっせーな。――まぁ、後は上手くやれよ。今度下手打っても、もう助けてやんないからな！」

言いたいことだけ言うと、彼はクルリと踵《きびす》を返してさっさと公園を出て行き、俺はそのうしろ姿を呆然と見送った。

彼が出て行ったのと入れ違いに、華奢《きゃしゃ》な人影がこちらに走って来る。

見間違うわけがない。雪乃だ。

あんなことがあったばっかりだというのに、なんでこんな時間に、こんなところに、一人で走って来るんだ!?

7

部屋でのんびりしていると、さっき出ていったはずの将也から電話が入った。

何か忘れ物でもしたのかと、軽い気持ちで通話ボタンを押した。

「将也、どうしたの？　忘れ物？」

その直後、私は取るものも取りあえず家を飛び出していた。将也が口にした「緊急事態」「館花さん」その二つの単語だけで焦った。今度は和司さんに何かあった？　もしかして酷い怪我でもしたの？

緊張で指先が痺《しび》れるように痛い。

エントランスのドアを開けるのももどかしく、歩道へ飛び出した。目の前の信号はタイミングがいいことに青。

横断歩道を小走りで半分ほど渡ったあたりで、公園の中から将也が出てくるのが見えた。

「将也！」

横断歩道を渡り終えて、すぐに名前を呼んだ。

将也は俯《うつむ》いていた顔を上げて、私に向かって手を振る。

緊急事態って言っておきながら、何をのんびりしてるの!?

「ちょっと！　なに呑気な顔してるの！　緊急事態じゃなかったの？　和司さんはっ!?」

「ちょ、姉ちゃん、痛いって！　手、離してよ」

「あ、ごめん！」

無意識に将也の腕を思いっきり掴んでいたみたい。

慌てて手を離すと、将也は腕をさすりながら、公園の中に向かって顎《あご》をしゃくった。

「館花さんならあっち。んじゃ、俺は帰るから。後はよろしくー」

ヒラヒラと手を振って、横断歩道を渡って行ってしまった。

「何なの、あれ？」

状況説明も何にもないじゃない！　あっちにいるからって、どういうことよ！

大体どうして和司さんと将也がこんなところで出くわすの？

立ち止まってる時間なんてなかった。首をひねりながら、また走り出す。

人気《ひとけ》のない公園を見渡すと、彼をすぐに見つけた。

たった十数日会わなかっただけなのに、懐かしくて胸が痛い。

私は急いで彼に駆け寄った。

「和司さん！」

そう声をかけるつもりだったのにできなかった。なぜなら――

「何で一人でこんな時間にこんなところへ来るんだ！　不用心にもほどがあるだろっ!!」

って、いきなり叱り飛ばされたから。

「ど、ど…！」

いきなり叱られて出鼻を挫《くじ》かれたけど、近寄って彼の顔を見て絶句した。

「ど？　どってなに？　――まあいいか。そんなことより雪乃、ちゃんと俺の言うこと聞いてる？　危ないでしょって言ってるんだけど！」

まくし立てる和司さんの声は耳に入って来るけれど、今は私のことはどうでもいい。

「どうしたんですか、その顔！　誰に……って、もしかして将也!?　あの子がやったんですか!!」

「え？　ちょっと、雪乃？」

「え？　じゃありません！　ちゃんと見せてください。早く手当てしないと!!」

左の唇の端が切れているみたいで、色が変わっている。

おまけに左の頬《ほほ》が赤く腫《は》れていて、ちょっと触っただけでも熱を持ってるのがわかる。

この分だと、口の中も大きく切れてるかもしれない。

もっとよく見たいのに、ここじゃ暗くてよく見えない。

「和司さん、うちに行きましょう。ここじゃよく見えないし、手当てもできません。それに将也がやったんだったら、あの子にちゃんと謝らせますから」

「い、いや、こんな遅くにお邪魔するわけにはいかないよ。それから彼は悪くない。これは当然の報《むく》いだ。だから気にしないでほしい」

気にしないで？　それは無理な相談です！

痛々しい顔で寂しそうに笑うから、泣きたくなってくる。

「それより、君と少し話がしたいんだ」

「話なんて後からできます！　手当てが先です！　うちに行くのが嫌なら、とりあえず近所のお店でその頬《ほほ》を冷やすものを買いましょう？」

「そんなもの後でいい。とにかく君と話がしたいんだ。ダメ、かな?」

彼の瞳が一瞬迷うように揺れて、それから私の両肩に手が置かれた。

困ったような、躊躇《ためら》うような彼の問いかけに、私はそれ以上の主張を諦めた。

「――じゃあ、あっちの水道でハンカチを濡らしてきます。それを頬にあててくださいね?」

私は彼の手をそっと外すと、水道でハンカチを濡らした。それをベンチに座る和司さんに渡し、彼が頬にあてるのを見届けて、私は彼の横に座る。

沈黙が落ちた。

私にもたくさん話したいことがあるのに、どこから話していいのかわからない。

隣を盗み見ると、和司さんから話を始めた。

「この前は申し訳なかった。あれは色んなことを甘く見過ぎていた俺の落ち度だ。俺がもっと気を付けていれば、君に怖い思いをさせることもなかったんだ」

「違います! あれは軽率な私が悪かったんです! 和司さんのせいなんかじゃありません!」

私があの日、中野さんの誘いに乗っていなければ、あんな事態に発展することはなかった。

中野さんの会社の状況、黒い噂、彼がなかば自暴自棄になっていたこと……

和司さんから、これまでのいきさつを全部聞いた後も、その気持ちは変わらなかった。

「だから雪乃は悪くない」

そう言い続けてくれる和司さんに向かって、私は首を横に振り続けた。

和司さんの隣にいるつもりなら、私は隙を作っちゃいけなかった。

「敵が付け入る隙を作るな」——そうアドバイスしてもらってたのに。そして私もそうしているつもりだったのに。浅はかだった私が悪い。

「俺のそばにいたら、いつかまた嫌な目に遭うかもしれない。俺がそばにいたら雪乃が不幸になるかもしれない」

「そんな……」

そんなことはない、と伝えようとしたのに、彼の指で唇を押さえられて最後まで言えなかった。

「君が辛い思いをするぐらいなら、いっそ身を引いた方がいいと思ったりもした。けどね、そんなことを思ったのは最初だけで、すぐに気が付いた。俺には君が必要で、どんなことをしてもそばにいてほしいって。それが俺の我儘《わがまま》だっていうのは充分承知してる。だから、ずっと迷ってたんだ。君にこれを言ったら逃げられるような気がして言い出せなくて、悪戯《いたずら》に時間だけが過ぎてしまった。その間、君が俺との仲が終わったと思い込んでいたなんて、将也君から聞くまで思い至らなかった」

彼の言葉の一つひとつが聞き間違いなんじゃないかと思えて仕方なかった。自分に都合がいいように頭の中で勝手に言葉を変換しているんじゃないか、なんて馬鹿げた考えまで思い浮かぶ。

「わ、私……嫌われたんじゃ？」

「嫌うわけがない。君こそ俺のこと、嫌いになったりしてない？」

「なりません！　私、あなたに迷惑ばっかりかけて……。強くなるって言ったのに。あなたを支えられるぐらい強くなるって決めたのに！　私、実際は何もできなくて。これからもきっと足手まといになっちゃうから、一緒にいる資格がないってわかってるんです。だから諦めようって思ったのに。でも、そう思えば思うほど和司さんのそばにいたくて諦めきれなくて、会えない間、ずっと苦しかった」

「ねぇ雪乃。その資格があるとかないとかって誰が決めるの？　君？　それとも俺？　俺が決めていいならさ、雪乃が雪乃のままでいてくれればいい。それが資格。頼むから、これからも俺のそばにいて」

今までの凍りついていた気持ちが、少しずつ溶けていく。

ああ、やっぱり私、和司さんがいないと駄目みたい。

それまで私の横に座っていた和司さんが私の前に立って、すっと右手を差し出した。

「俺、すごく我儘《わがまま》だ。たとえ雪乃に負担がかかるってわかってても、俺のそばにいたら苦労するってわかってても、もう君を手放せない。そんな俺でもいい？　いいならこの手を取って。駄目なら……」

その先を聞く必要はない。迷う必要もない。私は差し出された彼の手を取った。

「いいの？」

驚いたような彼の声に、私は精一杯明るい声で答えた。

「もちろんです！」

次の瞬間、勢いよく腕を引っ張られて、気が付くと私は彼の腕の中にいた。

懐かしい温《ぬく》もりと匂い。彼の背中に腕を回してぎゅっと力を込めると、私の背に回された彼の腕にも力が込められる。

息が止まるくらい強く抱きしめられて、泣きたいくらい幸せだった。

しばらくそうして抱き合いながら、私は考えていた。

答えなかったことをずっと後悔してきた。今なら言えるかもしれない。

そして、今言わなかったら後悔するかもしれない。

言っても後悔するかもしれないけど、言わないで後悔するよりはずっといい。

彼の背に回した腕から力を抜くと、彼も少し力を抜いてくれた。

彼の胸に軽く手をついて背を反らし、見つめ合えるくらいの距離まで体を離す。

「和司さん。私、あなたに言いたいことがあるんです。聞いてもらえますか？」

「ちょっと離れてもいいですか？」

「ああ。なに？」

さすがに、これは改まった姿勢で言いたいから。

「ん？　わかった。これでいい？」

腕から解かれて、私は彼と向き合った。

背筋を伸ばして姿勢を正し、彼を真正面から見上げると、優しい目で見つめ返してくる。

それだけで心臓がどきどきしてきて、息苦しい。

でも、ちゃんと言わなきゃ。

「た、館花和司さんっ！」

緊張で声が上ずった。

なのに彼は噴き出しもしないで、微笑んでいる。

「はい」

落ち着いた声が艶《つや》やかに耳をくすぐる。あっという間に顔が熱くなった。

「雪乃？」

ゆっくりとした口調で和司さんに先を促されても、ますます緊張して彼の顔を直視できなくて、視線が泳いでしまう。

ああ、こんなんじゃ言えない。ちゃんと彼を見なきゃ。

「あ、あのですね。わ、私と、結婚してくださいっ!!」

言えた！　言えた！　っていうより言っちゃった!!

ますます熱くなって火を噴きそうな頬《ほほ》を両手で押さえながら、和司さんを見上げる。

彼は目を真ん丸に見開いて、私を見下ろしている。よほど驚いたのか口をぽかんと開けたまま。

やっぱり唐突過ぎた!?

それとも結婚したくないとか!?

どんどん不安になっていく。

「あ、その、この前のプロポーズは撤回って話になってたから、改めて私の方から申し込んでみたんですけど、やっぱり迷惑でし……」

「ちょっと雪乃……。なんで君はいつも不意をつくんだ！」

「え？　――きゃ!?」

意味がわからずに問い返すと、次の瞬間、また私は彼の腕の中にいた。

「くっそー！　油断してた。あーあ。君にはまんまとしてやられたよ。あはは！　俺の負け」

耳元で和司さんが楽しそうに笑った。

「きっと君には敵わないんだろうな、この先ずっと」

「あ、あの……。返事は？」

恐る恐る尋ねると、彼は私を抱きしめたままくるりと回った。

「『はい』に決まってる！」

くいと顎《あご》を持ち上げられて、あれっと思う間もなく唇が落ちてきた。

ふわりと重ねられたそれは秋の夜気《やき》に冷えていて、ほんのりと冷たかった。


「お邪魔しまーす」

翌日、私は久しぶりに和司さんの部屋にお邪魔した。

「いらっしゃい」

にこにこと笑顔で出迎えてくれる彼の左頬《ほほ》には大きな青痣《あおあざ》。

昨夜、できるだけ冷やしたつもりだったけど、やっぱり腫《は》れるのは抑えられなかったみたい。

ぷくりと変な形に盛り上がっている。切れた口の端も赤黒いというか、青黒いというか、酷い色になっていた。

「昨夜は弟が……。本当にごめんなさい。あの、痛みますよね……」

「いや、何度も言うけど俺が悪いんだからいいんだ。痛みだって大したことないよ。見た目はちょっとあれだけどね」

そうは言うけど、とても痛そうだ。

できる限りそっと頬に触れると、和司さんの眉と肩がぴくりと小さく跳ねた。

やっぱり。こんなに軽く触れても痛むなんて、相当酷いんじゃない！

こういう怪我には慣れてないから、どう手当てをしたらいいのかわからない。

でも、とりあえず冷やすのが一番いいのかな？

「今からじゃ遅いかもしれませんけど、もっとちゃんと冷やしませんか？　本当は病院に行った方がいいと思うんですけど」

「心配性だなぁ。こんな傷、放っておけばすぐに治るって。口の中だって大して切れてないし、全然問題ないよ」

頬に触れていた私の手を外しながら、彼は何でもないことのように軽く微笑んだ。

「だって明日から仕事じゃないですか。それ、目立ちますし」

「あー……、兄貴には叱られそうだなぁ」

それだけじゃ済まないというか、噂の的になると思うんだけど……

そういうのは気にしなくていいんだろうか？

もともと目立つ人って、他人の視線には慣れてるから無頓着なのかもしれない。

「和司さん、朝ごはんはちゃんと食べました？」

いつまでも玄関先で押し問答していても仕方ないので、頬の怪我の次に気になっていたことを聞いた。

「いや、今朝は寝坊したから……」

「じゃあ早いですけど、今からお昼を作りましょうか」

私の手を握りっぱなしでいた彼の手をそっと解いた。

リビングの片隅にバッグを置かせてもらってキッチンへ向かう。

食材、何か残ってるかな？　この前来たときに、ツナ缶やパスタなど、使い勝手がよくて日持ちがするものは少し多めにストックしておいた。

和司さんはほとんど料理をしないから、まだ残ってるはず。

でも絶対に野菜はないよね。先に買い物に行った方がいいかもしれない。

そんなことを考えながら戸棚や冷蔵庫を確認してみると、思った通りの状況だった。

時計の針はまだ十一時にもなっていない。リビングに置いたバッグを手にして出かける支度をする。

「和司さん。先に買い物……わっ⁉」

「後でいいから」

突然うしろから抱きすくめられてバランスを崩し、そのまま彼の胸へ倒れ込む。仰ぎ見た和司さんはとても真剣な顔で私を見下ろしている。

「どうしました？」

「まだ腹は減ってない。それより、雪乃とのんびりしたいんだけど」

「それなら買い物の後でも……」

「嫌だ。待てない。やっと会えたのに」

昨夜も会ったでしょうという言葉は口に出せなかった。

和司さんが言ってるのはそんな意味じゃない。

言われてみれば、こうやってゆっくり会うのは本当に久しぶりだ。

あの一件が起きる前もすれ違いが続いて、なかなか会えないでいたから。

私の首筋に顔を埋めている彼の頭をそっとなでた。

彼の腕に抱きすくめられていて、少し窮屈でぎこちなくなっちゃったけど。

「わかりました。じゃあ、しばらくのんびりしてから出かけましょうか？」

「――うん」

すっきりと片付けられたリビング。生活感がないっていうわけじゃない。

住んでいる人の性格がわかるように片付けられてる。だから和司さんの部屋は居心地がいい。

そのリビングには二人で座ってもやや大きいソファがある。

大きめなのは、ちょっと寝転がりたいときのためなんだって。そんな話を聞いた覚えがある。

現在、ソファはその使用目的に沿った使われ方をしている。

つまり、和司さんは今ソファで横になっている、ということだ。

どうせ部屋でゆっくりするんだったら、その時間を有効に使わない手はない。

腫《は》れをとるには冷やすのが一番だと思うし、今からでもまだ遅くないはず。

「今のうちに頬《ほほ》、冷やしましょうね？」と持ち掛けてみると、即座に「雪乃が膝枕してくれたら！」という返事をされた。

膝枕の何が楽しいのかよくわからない。でも、私の太ももを枕にして寝転がっている和司さんはなんだか嬉しそうなので、まぁいいかという気分になる。

私はその和司さんの頬に、ビニール袋に入れた氷を当てる。

「和司さん、昨夜帰って来てからも、ちゃんと冷やしました？」

彼はばつが悪そうに目を逸《そ》らした。

「それがさぁ、嬉しくて眠れないだろうと思ってたのに、雪乃と久々に会えて安心したのかな。ベッドに入った途端に寝落ちしてさ。気が付いたら朝だったんだよね」

ではまったく冷やしてもいないと。それじゃあ腫れが全然引かないわけだ。

「あんなにぐっすり眠れたの、本当に久しぶりだったんだ」

そう言って笑うから、私は小言を呑み込んだ。そんなに眠れない夜を過ごしてたなんて。

私も同じだったんですよ、という言葉を心の中で呟《つぶや》きながら、私は彼の頭をそっとなでた。

「もう少し眠りますか?」

「いや、いい。君との時間を寝て過ごすなんて、そんな勿体《もったい》ないことはしたくないからね。それより——」

氷を持った私の手を掴むと、彼は視線を絡めたまま私の手の甲に口づけた。

「雪乃に触れたいんだけど」

和司さんの目が急に熱を帯びて、それをまともに受け止めてしまった私の心臓は、どきりと大きく跳ねた。

和司さんはこうして唐突に誘ってくるから、そのたびに私は不意打ちを食らって戸惑ってしまう。

いつもなら軽くあしらえることでも、こんな雰囲気になってしまうと、ただ慌てふためくだけになる。

でも今日は、慌てたり流されたりするんじゃなくて、ちゃんと彼の気持ちを受け止めたかった。

私だって和司さんと同じ。彼の隣にいていいんだと確かめたい。満たされたい。

肌を重ねるだけが愛情を確かめる手段じゃないことはわかっているけど、好きな人に触れたいっていう気持ちはきっと間違いじゃない。

私は体を屈《かが》めて彼の唇に唇を重ねた。触れるだけのキスを何度か繰り返しているうちに、和司さんが焦《じ》れたように私の後頭部に手を差し入れた。

頭を優しく固定された私は、そのまま深くなっていくキスに酔い始めた。

角度を変えるたびに、ぴちゃりと湿った音が耳を犯す。その音が、体の奥の興奮を呼び起こす。

彼の歯が私の唇を優しく噛むと、背筋が粟立つような快感が生まれた。

「ん……」

その甘い刺激にこらえきれずに声が漏れる。恥ずかしいと思う余裕なんてない。

口腔《こうこう》内に侵入してきた彼の舌が呼び覚ます熱に、すでに夢中になっていたから。

彼と初めて体を重ねてから、もう何か月も経っている。

その間に覚えた感覚が次の快感を予想して待ち焦がれている。

キスの合間に息を継ぐやり方も、もう覚えた。

けれど、それでも息は乱れていく。

ああ、これは息苦しいんじゃない。和司さんを求める熱のせいだ。

服の上からやわやわと胸を触っていたはずの彼の手は、いつの間にか羽織っていたカーディガンを肩から滑り落としている。

袖が肘《ひじ》のあたりで止まって動きが制限されたけれど、キスに夢中で気にならなかった。

ブラの上から優しく胸をなでていた手が不意に止まり、後頭部を押さえていた手が消える。

どうしたのかと思って目を覗き込むと、彼は困ったように眉を下げた。

「この姿勢、ちょっと辛い」

「え？　……きゃ!?」

彼が話すと同時に視界がぐるんと回った。私はソファの上に寝転がって、覆《おお》い被さる和司さんを見上げていた。

一瞬にして上下逆転したらしい。

「やっぱりこっちの方が落ち着くね」

蜜が滴《したた》るような甘い顔で笑う。

「そうでしょうか」

という私の答えは強がりだ。本当はこうして和司さんの腕の中にいるときが、一番幸せを感じる。

「わかってるくせに」

和司さんはすべて知っていると言わんばかりに唇をつり上げた。

言い返す代わりに私は彼の首に腕を絡めては引き寄せる。再び唇を重ねたけれど、今度はそう長く続かなかった。代わりに彼の唇が私の耳を食《は》み、首筋にたくさんのキスを落としながら徐々に降りていく。

時々、ちくりとした痛みを感じるので、きっとあちこちに赤い痣《あざ》ができているんだろう。見えるところに付いてないといいけれど、と頭の隅で冷静な自分がため息をつく。けど、そんなふうに悩むのも幸せの一つだ。

明日の朝、鏡を見ながら赤い痣に指を這《は》わせてどうしようと困ることを想像するだけで、体の奥がいっそう熱を帯びる。

赤い痣は私が和司さんのものだという証拠。

それが自分の体に刻まれるのだから、嬉しくないわけがない。

静かな部屋の中に、乱れた息の音とこらえきれずに漏れる喘《あえ》ぎだけが響く。

それは羞恥心《しゅうちしん》を煽《あお》ると同時に、私の中の何かを刺激する。

いつの間にか上半身にまとっていた服は脱がされていた。

残っているブラでさえ、かろうじて肩紐が腕に絡んでいるだけ。

首筋を這っていた彼の舌は、鎖骨をなぞり、さらに降りていく。

唐突に胸の突起を舐《な》め上げられ、湿った舌の感触に私は体をおののかせた。

「――ぅあ……」

彼の舌はそのまま何度か私の胸の突起を舐め上げ、そのたびに体がびくりと跳ねた。

「相変わらず弱いよね、これ」

　和司さんが意地悪く笑う。

　どうすれば感じるのかを熟知している彼の舌は、的確に私の中に快感を呼び起こしていく。

　忘れていた感覚を無理矢理引きずり出されているようで、心が追い付かず涙がこぼれそうになる。

　もう片方の膨《ふく》らみは和司さんの手が弄《もてあそ》んでいる。やわやわと揉まれたり、尖《とが》りはじめた頂点を摘まれたり。不規則な刺激に身悶《みもだ》えることしかできない。

「待っ……て……」

「嫌だ。待てない」

　制止の言葉はあえなく却下された。肩を掴んで押し戻そうとしたけれど、いつも通りびくともしない。かわりに、抵抗した罰ということなのか、頂きを少しきつく噛まれた。

「あぅ！」

　背をのけ反らせて跳ねた途端、浮いた腰とソファの間に腕が差し入れられた。

　彼に向かって胸を突き出す格好にさせられる。

「やっ」

「拒む言葉は聞きたくない」

　噛みつくようなキス。繰り返し絡めとられる舌。息苦しくて逃げようとしても、どこまでも追ってくる。飲み込みきれなかった唾液が、口の端から頬《ほほ》を伝って流れ落ちていった。

気が付くと、胸をまさぐっていた手が、スカートの中に侵入していた。

馴染んでいるからこそ、遠慮のない動き。

太ももをゆっくりと這《は》い、時折、そこより奥にも軽く触れる。

その動きは柔らかいけれど、私の感じる場所を正確に刺激していた。

「……んん！」

性急な愛撫《あいぶ》がもたらす快感は気持ちを置き去りにして、溺《おぼ》れそうな錯覚を起こした。

何かに縋《すが》りつきたくて、和司さんのシャツを力いっぱい掴む。

「大丈夫？」

キスの合間に問いかける彼に私はうなずいた。乱れた息のせいで声が出ない。

スカートの中に侵入していた指が、下着越しに秘裂をなぞった。指に込められた力は決して強くない。でも敏感なそこに初めて与えられた快感は予想よりずっと強くて体が引きつった。

「ああっ!?」

「もうずいぶん濡れてるね。布越しでもわかるよ」

「——っ！」

わざと羞恥《しゅうち》を煽《あお》るような言い方に、頬がかっと熱くなった。彼に言われなくても自覚はある。

彼の手がどこかに触れるたび、彼の唇がどこかをついばむたび、体の奥にどんどん熱が溜まっていくのだから。

「や、言わないで」

「どうして？」

意地悪にも、甘い声がわかりきったことを尋ねる。それが確実に私を追い詰める。

彼の視線から逃れたくて顔を背けようとしたけれど、それより先にまたキスで阻まれた。

スカートの中の手もどんどんと大胆になっていく。優しかった指は段々力を帯びてきて、どこかをなでられるたびに、体がびくりびくりと跳ね、さらに息が上がる。

秘裂をなぞりながら、そこに隠れた核を引っ掻《か》くように軽く爪を立てられると、鋭い快感に体がのけ反る。そのたびに覆《おお》い被さっている和司さんに、胸を擦り付けるような形になる。

むきだしの胸が彼のシャツに擦れる感触で、羞恥とともに被虐的《マゾヒスティック》な悦びが呼び覚まされていく。

「気持ちいいんでしょ？　なんで恥ずかしがるの？　素直じゃないよね」

責めるようなことをささやきながら、一度愛撫《あいぶ》を止めた彼の手が、私の下着をするりと下ろす。

片腕が腰の下に入っているから、抵抗する暇もなく簡単に脱がされてしまった。

「さぁ、これで邪魔なものは全部なくなったね」

微笑みながら彼は私から身を離した。離れてしまった温《ぬく》もりが恋しいのと、一人取り残された心許《こころもと》なさに身を縮めようとした途端、彼の手が私の体をなぞった。頬《ほほ》から首、肩、胸……

「ダメだ。隠さないで」

「だって！」

まだ日差しが降り注ぐ中で、体をさらしているだけでも恥ずかしいのに。

その上、裸なのは私だけ。彼はまったく衣服を乱していない。

「恥ずかしい？　大丈夫。すぐにそんな余裕なんてなくなるから」

「そんなっ!?」

それでは解決にならない。

「せっかくいい眺めなんだから、隠さないでくれないかな」

彼の顔に浮かぶ笑みに、その熱が透けて見えた。明るいリビングには似つかわしくない艶《なま》めかしさに息を呑む。欲に濡れた顔をしていても、彼は美しい。

「和司さん……」

羞恥《しゅうち》と、彼の情欲に応えたいという気持ちの間で揺れ動いている間に、彼は私の腕を取って体を起こさせた。

何もまとっていない状態でソファに座るのはとても落ち着かない。

ひんやりとした革の感触が、余計に私の中の違和感を増幅させる。

寝室へ移動するのだろうと思って、力の入らない体を無理矢理動かして両足を床に下ろした。

その瞬間、足元にひざまずいていた和司さんが私の右足首を掴んだ。

「え!?　や、やだ、和司さんっ!?」

彼の信じられない行動に頭が混乱する。彼は掴んだ私の右足首を強引に座面へ乗せた。

自分がどれだけ恥ずかしい格好をしているのか、嫌でも目に飛び込んでくる。

慌てて足を閉じようとしたけれど、左の太ももを押さえ付けられてしまって身動きが取れない。

「雪乃、もう少し足開いて。できるでしょ」

私を見上げながら、和司さんはそんな無理を言う。

「で、できなっ……」

「嘘だ」

足首を拘束《こうそく》していた彼の手が太ももに移動し、力任せに足を開かされた。

ソファに深く座っているために身をよじることもできない。

「か、和司さん、手をはなしてくださっ!」

「否定の言葉は聞きたくないって言っただろ。悪いけどそのお願いは聞けないな」

にぃと笑った和司さんは、その視線をゆっくりと下へ移動させた。

そして彼の目の前にある、私が一番見られたくない場所で視線を止めると、さらに淫《いん》靡《び》な笑みを浮かべた。

「こんなに濡らしておきながらダメだなんて、本当に雪乃は意地っ張りだ」

「や、ちが、う」

「何が違う?」

ちらりと私の顔を見上げた和司さんの目があまりにも艶《なま》めかしくて、また体の奥の熱が上がった。

同時に体の中から、くぷりと何かがこぼれ出てくるのが感じられた。

「ほら、君の体は正直だ」

彼の吐息が太ももの付け根をかすめ、その刺激だけで寒気に似た感覚が背筋を這《は》った。

太ももの震えが和司さんにも伝わったのか、くっと小さな笑い声が聞こえた。

「っや……言わな……」

恥ずかしすぎて、目の端にじわっと涙が滲《にじ》む。

ぼやける視界の中で、和司さんの頭が私のそこに近づくのが見えた。

身を固くした途端に、熱くてぬるりとしたものが私の秘裂をなぞった。

「――っぁ！」

体を走り抜ける快感に耐えられなくて思わず目を瞑《つぶ》った。

目からこぼれた一粒の雫《しずく》が頬《ほほ》を伝い落ちていく。

何度も秘裂を往復する舌は、時折思い出したかのように、浅く中に潜り込み、肉芽に絡み、時に押しつぶす。

不規則に与えられる刺激は、私の理性を容赦《ようしゃ》なく侵食していく。

もう声を抑えられなくなり、自分がどんな恥ずかしい格好をしているのかも忘れ、ただ彼の与える快楽を貪《むさぼ》るのに精一杯になる。

「――んんっ、あっ……」

あられもない喘《あえ》ぎが自分の口から漏れているのを、どこか遠い夢の中の出来事のように感じていた。

太ももを押さえていた彼の手は、いつの間にか消えていた。その代わり、長い指が私の中をゆっくりとまさぐっている。

焦《じ》れったくなるほど緩慢《かんまん》に動くそれは、時に一番感じる場所をかすめるけれど、それはいつもほんの一瞬で、新しい快感を探るように違う場所をあちこち弄《いじ》る。

もどかしさに自然と揺れそうになる腰。

動きそうになるのを必死でこらえようとしても、休む間もなく蠢《うごめ》く指に翻弄《ほんろう》されて果たせない。

その間にも彼の舌は肉芽を嬲《なぶ》り、また秘裂の周りを愛撫《あいぶ》するのをやめない。

「も、やぁ……和司、さ……」

切れ切れの懇願は受け入れてもらえず、彼は無言のまま指と舌で私を追い詰めてゆく。

彼の舌がもたらす鋭い快感に何度か絶頂寸前まで押し上げられて、でも決定的な刺激だけが与えられない。そうして何度も押し上げられては、突き落とされるような感覚を味わった。

広いベッドでなくソファに大きく足を開いた姿勢では思うように身動きが取れず、体を突き抜ける快感をやり過ごす術《すべ》も、もどかしい快感をどうにかする術もなく、おかしくなってしまいそうだ。

嫌だと言っても涙が溢れても、彼の舌と指は動くことをやめない。

それどころかさらに執拗《しつよう》になっていく。

「あっ……やだ、また……」

「いきたい？」

甘くて意地悪な声に私は何度もうなずく。もどかしい快感の渦から早く逃げ出したくて、腰を揺らした。自分がどれだけはしたない格好をしているかなんて、もう頭から吹き飛んでいる。

中を探っていた彼の指が、一番感じる場所を強くなで上げた。と同時に、何度目かわからない波が来て、体が痙攣《けいれん》を起こす。

つま先がぴんと伸び、彼の髪に埋めていた指先にも力がこもる。

「い……うん……ああああああっ！」

顎《あご》がのけ反り、額に浮かんだ汗が飛び散った。

何度か痙攣を繰り返して、唐突に体が弛緩《しかん》する。

荒い息をつきながら、ようやく深い満足を覚えると同時に不安がよぎった。

嫌だと言っても、彼は全然行為をやめてくれなかった。

まだ続くのかもしれないという恐怖が胸に湧き起こる。

過ぎた快感は体を苛《さいな》むだけじゃなく、心まで焼き切っていく。

これはもう快楽を与えられているというより、むしろ甘い責め苦のようだ。

「か、ず……さ……もう、わ、たし……」

「俺も我慢の限界」

彼の体がすっと離れた。奥から指がずるりと抜ける感覚に、また全身が跳ねる。

彼はソファに座ると私の腰を掴んで抱き上げた。彼の足をまたいで向かい合う形になる。

我慢の限界という言葉は本当にその通りだったのか、服も脱がず、ベルトを寛《くつろ》げただけだ。

「か、和司さん!?」

体が少し落ち着くと同時にわずかながら理性が戻って来て、自分の格好が酷く恥ずかしくなる。

腰を支えられて膝立ちになっているので、彼を見下ろす格好だ。

「今日は雪乃が上」

「え!?」

「久々だし、ゆっくり雪乃を堪能したいから」

奥に欲望の火が見えるような熱い眼差しで和司さんが笑う。

私は彼のその目に弱く、見つめられるとどんな恥ずかしいことでも受け入れてしまいそうになる。

「でも、服が……汚れちゃう、からっ」

「後で洗えばいい。それよりほら、早く」

私の腰を支えていた手が、私の体を押し下げる。

彼の起立した欲望が私の濡れてぬかるんだそこをかすめた。

「あっ！　……ぅう……」

達した後の敏感になった体は、それだけの刺激でも大きな快感を覚える。

こらえきれず、呻《うめ》くような喘《あえ》ぎを漏らす私を、和司さんが満足そうに見上げている。

「俺から挿《い》れようか？　手加減しないけどいい？　それが嫌なら……わかるよね、雪乃？」

ゆっくり名前を呼ばれるとまるで魔法にかかったみたいに抵抗する心が消えていく。

脅《おど》しとも取れる和司さんの言葉に、私は小さくうなずいた。

体を重ねるときの彼はとても頑《かたく》なで、一度言い出したら、よほどのことがない限り曲げない。

私はうしろ手にそっと彼の欲望の中心に触れた。

それは完全に勃ち上がっていて、触れた途端どくりと脈を打った。

力加減がわからなくて、一瞬躊躇《ためら》った後、私は彼の楔《くさび》をそうっと握った。

「っ！」

和司さんが小さく呻《うめ》いて眉をひそめた。

その顔が艶《なま》めかしくて、私の体の奥にまた新しい火が点《とも》った。

彼のものを支えなければ、ちゃんと腰を落とせないと思って手を添えたけれど、予想外の彼の反応に嬉しくなった私は、指先で彼のそこをゆっくりとなぞった。

先端から根元まで何度か指を往復させたり、彼がびくりと体を震わせる箇所を探してあちこち触れたり。

「ゆ、きの！」

少し荒れた息の合間から、和司さんが切羽詰まったように私の名前をささやいた。

「もう、いいから。待て……ない……」

「は、い……」

私はうなずいて手の動きを止めた。彼の楔《くさび》にそっと手を添え、ほぐれきった自分の中心にあてがった。体を支えるために、もう片方の手を彼の肩にかけ、ゆっくりと腰を沈める。

「んっ……」

彼の先端がゆっくりと私の中に埋もれていく。彼の指と舌でほぐされていても、彼を呑み込むのにはまだ少し抵抗があった。

けれど痛みを伴うほどではなく、逆にその息苦しさが彼を受け入れているという精神的な欲を満たしていく。

「雪乃の中、やっぱり気持ちいい、な」

和司さんがそう言いながら切なそうに笑うので、思わず私は呑み込んだ彼自身を締め付けてしまう。彼の形が一層露《あら》わに感じられて、私は背をのけ反らせながら意味をなさない嬌声《きょうせい》を上げた。

「っ！　いきなり締め付けるなよ！」

彼はかすれた声でそう言いながら、何かに耐えるように顔をしかめた。

「だ、だって……」

私にだって不慮のことで、どうしようもなかったのに。

「あんまりそういう事されると、俺にも考えが……ね？」

にやりと笑いながら物騒なことを口にする。

「や、やだっ」

「じゃ、ちゃんと挿《い》れてよ。まだ半分ぐらい残ってるでしょ」

彼の言葉の通り、まだ全部入りきっていない。再び腰を進めようとした途端、彼の指が私の敏感な肉芽に触れた。指の腹で押しつぶすように円を描かれると、体の力が抜けた。

「いっ!?　あああああッ!?」

自重で一気に最奥まで貫かれた。肉芽に受けた鋭い快感と、奥まで突かれた衝撃で理性が焼ける。

「ああ、やっと入った」

意地悪な吐息が耳をかすめた。

「ねぇ、わかる？　ほら、雪乃の一番奥にあたってるだろ？」

「あ、やぁ！　そこ、だめ……」

腰をぐっと掴まれて円を描くように動かされると、一番奥がぐりぐりと押されて、信じられないような快感が襲ってくる。

「だめじゃないよね。……ここ、ここか、ここか。好きだろ？」

「いっ……あああ！　ひぁ……っく……」

「ほら、すごい締め付けてくる」

額から汗を滴《したた》らせながら、それでも余裕のある顔の和司さんは、翻弄《ほんろう》される私を楽しそうに見上げながら追い詰めるようなことばかりを口にする。

こんなのずるい。自分のペースで挿《い》れていいと言ったのに、どうして！

なじりたくても私の口からこぼれるのは悲鳴に似た喘《あえ》ぎだけで、言葉なんて紡《つむ》ぎ出せない。

「ふっ……あ、ああ……っ……」

「ごめん。やっぱり無理。自分で動きたい。君を貪《むさぼ》りたい。――君に動いてもらうのはまた今度、かな。楽しみは後にとっておくものだしね？」

最奥をぐりぐりと探られて身悶《みもだ》える私の耳にそんなささやきが聞こえてきたけれど、意味なんてもうまともに考えられない。

「動く、よ」

それは確認ではなくて宣言。言い終わらないうちに腰に添えられた指にぐっと力が入った。彼の腕で体が持ち上げられると、中にいた彼の楔《くさび》がズルズルと出ていく。

その快感が過ぎないうちに今度は思い切り落とされて、新たな快感が生まれる。

「や、あっ！」

苦しいほど途切れなく生まれる快感に、頭が真っ白になる。

「嫌じゃなくて、いい、だろう？」

意地悪な彼の声も欲にまみれてかすれている。その声が私の奥からゾクゾクとした快感をさらに呼び起こす。

「か、ずし、さ……」

彼の名前を呼ぶ私の声も自覚ができるほど情欲に濡れていた。

持ち上げられ、突き落とされ、自重で深く彼のものを呑み込めば、眩暈《めまい》がするほど気持ちがいい。

それこそ、このままおかしくなっちゃっても後悔はしないと思うくらいに。

「あ……ああ……気持ち、い……」

私の中で楔の質量がぐっと増えて、圧迫感が増したように感じた。

繋がった場所が生む水音が淫靡《いんび》に耳を犯し、いつの間にか理性は千切れていた。

ただ、彼に穿《うが》たれる快感に溺《おぼ》れることしかできない。

「も……だめ……おかしく、なっちゃ、う」

本当はもうおかしくなっているんだけど。

「雪乃……君は、俺を煽《あお》ることだけ上手くなるんだな。くそっ！」

彼の舌打ちを聞きながら、私は繋がったままソファに寝かされた。

体勢を変える際の不規則な刺激が酷く甘くて、中が小刻みに痙攣《けいれん》を起こす。

「くっ……」

こらえる和司さんの顔が愛しくて、さらに体の奥がきゅんとなった。途端に、彼の息が詰まる。

「雪乃、ダメだ、そんなに締め付けるなって！　——ごめん」

切羽詰まったようにそう言うと、彼の動きが激しくなった。

「んぅっ⁉　や！　あ、ああ……」

狭いソファの上で片足を肩まで持ち上げられて、大きく足を開かされている。

理性が戻れば、思い出したくもないような恥ずかしい格好だ。

「ふっ……ん、んんっ……」

突き上げられるたび、引き抜かれるたび、声が漏れる。何度も何度も穿たれて徐々に高まっていく熱が、そろそろ限界を迎えようとしていた。

自分でもわかるほど、自分の喘《あえ》ぎが切羽詰まっていく。

それは当然和司さんにも伝わっていて、彼は苦しげに顔をゆがめながら、獲物を追い詰めることに喜びを見出す捕食者の目で私を見下ろしている。

「俺もそろそろ……」

呻《うめ》くような彼の呟《つぶや》きに、夢中でうなずいた。

彼の動きが一層激しくなって、私はあっけなく絶頂の波に呑まれた。体の最奥に形容しがたい快感が滲《にじ》み、意識が白い闇に包まれて快楽以外のすべてがわからなくなる。

全身が緊張と弛緩《しかん》を繰り返す。その余韻が収まらないうちに、朦朧《もうろう》としている私の耳に彼の呻きが聞こえた。

「っつ！」

私の中の彼が何度か大きく脈打ち、それが新たな快感を呼び起こした。

さらに絞ろうとするかのような動きに、彼がもう一度呻いた。

「ゆ、きのっ、それ……気持ちよすぎるから、ダメだ」

苦笑いと共に、少し勢いの衰えた彼のものが抜かれる。

「ん……あっ！」

ずるりと中を擦る刺激に、もう一度体が跳ねた。

大きなため息をついた和司さんは、私の胸に頭を乗せる。体重をかけないように注意してくれているようで、重かったり苦しかったりはしない。

熱くて荒い息が肌をかすめる。きっと彼の耳には早鐘を打つ私の心臓の音が聞こえているだろう。

「すごい気持ちよかった……」

ぽつりとささやいた彼の言葉に嬉しさが込みあげる。

「私も……」

なかなか恥ずかしくて気持ちいいと伝えられないけれど、本当は彼に触れられればいつだって怖いくらいに気持ちがいい。

和司さんが弾かれたように顔を上げて私の顔を見る。

「……どうしました？」

「ちょっとびっくりした」

戸惑うような、照れたようなそんな笑顔を見せる。

「何がですか？」

「いや……恥ずかしがって真っ赤になる雪乃もいいけど、そういう風に素直なのもいいなぁ、って思った」

けだるげな仕草で体を起こした彼は、私の唇に深いキスを一つ。

ひとしきり舌を絡めてお互いを貪《むさぼ》って離れると、彼は蜂蜜のように甘く笑った。

「やばい。やっぱり一回じゃ終われない」

まだ日が高いからいいよね？　と屈託《くったく》のない顔で笑う彼に軽い戦慄《せんりつ》を覚えながらも、拒むことはできなくて。

「お手柔らかに」

とかすれた声でうなずいた。

お手柔らかにすむはずがないとわかっていたけれど、彼の一番近くにいられることを確かめたくて、私は彼の首に腕を絡ませた。

引き寄せて貪った彼の唇は、この世のどんな食べ物よりも美味しくて甘い。

8

リーン、ゴーンと教会の鐘の音が高らかに響き渡り、秋晴れの澄んだ空に吸い込まれていく。十一月の午後の日差しは思ったよりも柔らかく、そして優しかった。

あの夏の日に想像したよりもっと素敵に輝いたひとみさんが、堂々とした態度と怜悧《れいり》な美貌を湛《たた》える館花専務と共に、教会の扉からその姿を見せた。

ざわめきが一瞬にして収まり、水を打ったような静寂に包まれた。

みんな温かい微笑みを浮かべながら、新郎新婦を見ている。

みんなの注目を集めている二人の前には、深紅の絨毯《じゅうたん》が敷かれた道。彼らは軽く顔を見合わせてうなずくと、ゆっくりと階段を下りはじめた。その途端に周囲がわっと沸いた。

私たち参列者は、二人が目の前を通り過ぎるのを今か今かと心待ちに見ている。

彼らはその中をゆっくりゆっくりと進む。

専務は少し照れくさそうな仏頂面で、そしてひとみさんは誰もが見惚《みと》れるような美しい笑みを浮かべながら、参列者たちが投げかけるフラワーシャワーを浴びている。

私も手にしたかごから花びらを掴んで二人に向かって投げかけた。

色とりどりの花びらがふわりと舞って、白いドレスのひとみさんを際立たせる。

夢のように美しくて、そしてとても幸せそうで泣きたくなってくる。

「雪乃ちゃん」

ひとみさんが私の前で立ち止まった。

「ひとみさん、おめでとうございます！　お幸せに！」

「ありがとう。次はあなたの番、よね？」

そう言いながら、ひとみさんは手にしたブーケを私に差し出した。

周囲からどよめきと冷やかしの声が上がる。

こんな展開を予想していなかった私は、慌てふためきながらブーケを受け取った。

「あ、ありがとう、ございい、ます」

緊張で声が震える。そんな私を心配したらしく、隣の和司さんが勇気づけるように私の肩をそっと抱いてくれた。

「可愛い妹ができるの、楽しみにしてるわ」

「――それまでには、『専務』って呼び名をやめてもらわないといかんな」

ひとみさんと私のやり取りを見守っていた専務がにやりと笑う。

「確かにね」

と、和司さんが噴き出した。

いつまでも一か所に留まるわけにもいかず、ブーケを手放したひとみさんと専務は、フラワーシャワーの中を進んでいく。

一番端まで歩いた二人は、振り返ってみんなに一礼をした後、係員に付き添われて車に乗り込んだ。

車で去る二人を大きな祝福の声が見送る。

みんなの歓声は車が動き出した後も止むことはない。

去っていく車のうしろ姿を眺めながら、私はもらったブーケをしっかりと胸に抱き直した。

ブーケは私が想像していたよりも、ずっとずうっと重かった。

その重さが幸せの重さなのかもしれない。そんな気がした。

「ブーケ、もらっちゃいました」

「だね!」

隣に立つ和司さんにささやくと、彼は屈託《くったく》のない笑顔を向けてくれる。

「ブーケをもらった人が次の花嫁になるんだろ? ジンクスは本当にしないとね!」

いきなり肩を抱かれて引き寄せられた私は、思いっきりバランスを崩して彼の腕の中に。

「和司さん!」

真っ赤になりながら言ったけれど、彼は楽しそうに笑うだけ。

彼の笑い声も私の焦った声も、みんなの歓声や鐘の音と一緒に、高い空へと吸い込まれていった。

# そして二度目の春が来て

一年で一番寒いのは大寒《たいかん》の頃だと言う。まさにその通りで、風呂上がりの体にこの寒さはきつい。蓑虫《みのむし》のように布団にくるまりながら、私は和司さんとの電話を楽しんでいる。

『土曜のことだけどさ、十一時ごろ君の家に着くように家を出るつもりなんだけど、それで構わない？　どこかで昼飯食べてから行こう』

「十一時ですね。わかりました」

私は真新しい手帳を開いて、今月のページを開いた。次の土曜日の欄《らん》には「式場予約」という四文字が書かれている。そのすぐ下に十一時と書き加えた後、改めてその書き込みをまじまじと見つめた。

とうとう、と言っていいのか、やっと、と言うべきか。年末から進めていた式場選びが、もうすぐ終わる。少しぼんやりしていた私の耳に、ややトーンを落とした和司さんの声が届いた。

『――ねえ、雪乃。本当にいいんだね？』

彼がなぜそんなふうに聞くのか、ちゃんとわかっている私は――

「もちろんです」

と即答した。その途端、電話の向こうから小さく笑ったような吐息が聞こえた。

『ごめん』

ささやくような声。彼が謝るようなことじゃないのに、と申し訳なく思いながら、でも私を気にかけてくれることが嬉しくて、つい顔がほころんだ。

「私の方こそごめんなさい。本当なら式だってもっと……」

『いや、違うよ。俺の方こそ、こっちの都合を雪乃に押し付けて……』

私の言葉を遮《さえぎ》って彼がさらに言いつのる。お互いに謝り合っているのがおかしくて、私たちは一瞬沈黙した後、揃って噴き出した。


あの一大決心のプロポーズの後、私たちは早々にお互いの両親への報告を済ませた。スムーズに話は進んで、年内に両親の顔合わせのための食事会もした。

そのときはまだ、いつ式を挙げたいか、なんて具体的なことは考えていなかったんだけれど。

「この時期から準備を始めたら、ジューンブライドに間に合うかもしれませんね」

「でも、六月は人気でしょうし、式場はもう埋まってるんじゃありません？」

「探してみたら、意外とあるかもしれませんわよ？」

美恵子さんとうちの母のそんな会話から式の話が現実味を帯びて、いつの間にか式は六月か七月という話になり、その後も式と披露宴はどうするか、なんてところにまで話が及んだ。

私は結婚式は比較的小規模な形式がいいと思っていたけれど、和司さんの家柄を考えれば、式の規模はどうしても大きくなる。彼の立場を悪くしてまで自分好みの式をするつもりはなかったので、そのあたりは館花家のいいようにお願いするつもりでいた。そうして話し合った結果、式は私の望み通りにこぢんまりと、披露宴は大規模に。そういうことになった。

それは、両親も和司さんも私も納得したことだった。にもかかわらず、あれから一か月以上経った今でも、披露宴を自分の都合で決めてしまったと、彼は私に負い目のようなものを感じているらしい。事あるごとに、「ごめん」と謝罪の言葉を口にする。気にしないでと言ってもその言葉を信じてもらえなくて虚《むな》しい反面、そこまで気にしてくれるのはそれだけ私を大事に思ってくれてるってことなのかな？　なんて自惚《うぬぼ》れてしまう。最近の私の悪いクセだ。ちょっと気を付けないと。

私たちの希望する条件に合う式場を探し始めると、すぐに数軒の式場やホテルに絞ることができた。その時点では決められなくてすべて見学に行ってみたら、どこも本当に素晴らしく、施設もサービスも立地も甲乙つけがたかった。となると、後は予約の空き状況が決め手。六月初めの土曜日を希望日にして、各式場にキャンセル待ちを申し込んでおいた。

「一番最初にキャンセルが出た式場に決めましょう」

と言うと、和司さんは信じられないものを見るような目で私を見た。

「雪乃、あのさ、自分の結婚式の式場を探してること、わかってるよね？」

さすがにぼんやりしてる私でもそこはちゃんとわかってます！　っていうか、その質問の意図はどのあたりにあるの!?

「え？　一応わかってるつもりですが、どうかしました？」

和司さんはまずいものを無理に呑み込んだような、何ともいいようがない変な顔をしている。

「和司さん？」

「え？　あ、ああ。ごめん。いや、こういうのってさ、女の人はこだわるものなんじゃないの？　雪乃があんまりあっさりしてるから、ちょっと心配になっちゃった」

と乾いた笑い声を上げた。

「素敵な会場ばかりですもん、どこを選んだって後悔なんてしませんし」

こっちの会場はあれがいいけどこれはダメ、あっちの会場は逆にここがダメ、なんて具合だったら相当迷ったと思う。でも現実はそうじゃない。どれを選んでも大丈夫なんて幸運以外の何物でもないでしょう？　そう説明したあと——

「あとは希望の日取りに決まれば言うことなしじゃないですか！　こだわらないんじゃなくて、こだわらなくていいんです」

と締めくくった。さぁどうだ、これほど単純明快な説明もないでしょう！　って気分で胸を張って和司さんを見上げたら、彼は思いっきり噴き出した。

「前々から思ってたんだけどさ、雪乃って男前だよね、考え方が！」

あははと楽しげな明るい笑い声を立てているけれど、それは褒《ほ》められているんだろうか。複雑な気分だ。

「それ、褒めてるんですか？」

少し拗《す》ね気味に聞くと、彼は心底愉快という顔をして私を背後から抱きしめた。暖かい腕が私の肩に乗って、彼の吐息が頬《ほほ》にかかる。

「褒めてるに決まってる。俺が迷ってる間に雪乃はあっさり飛び越えて行くんだもんなあ。敵わないよ」

「敵わないのは私の方ですよ」

「俺がいつ君に勝ったっていうの。負けっぱなしなんだけどなぁ」

忍び笑いが耳をくすぐった。

「これからも迷える俺を叱咤《しった》してください、奥さん」

からかい交じりの彼の言葉に、私は耳まで熱くなった。きっと一瞬でゆでだこみたいに真っ赤になったんだろう。彼はこらえきれなくなったみたいで、快活な笑い声を上げた。

二月初めまでにどの式場からも連絡が来なかったら、日程を変えて再検討しようと決めていた。幸運にも、候補の一つだったホテルから一月末になってキャンセルが出たという連絡が入ったのだ。

そうして今日、和司さんと私は、そのホテルの一角にあるブライダルサロンを訪れた。スタッフの方からあれこれと説明を受けつつ、予約に必要な書類をせっせと書いている。

埋めるべき項目を埋め終わり、担当してくれたスタッフさんが作業のために席を離れると、和司さんと私は手持ち無沙汰《ぶさた》になった。隅々まで綺麗に磨かれた店内には、控えめに過去行われた挙式の写真が飾られている。それらを眺めながら、和司さんと他愛ないおしゃべりに興じた。

「雪乃は絶対にこっちだと思ったのになぁ。最近、俺の予想は外れてばっかりだ」

テーブルの上に置かれたパンフレットを指でこつこつと叩きながら、和司さんは苦笑した。そこに書かれているのは二つのプラン。

ホテルの敷地内に建てられた緑に囲まれた教会で式を挙げる「ガーデンプラン」。もう一つはホテルの最上階に作られた挙式スペースで式を挙げる「スカイプラン」。大きなガラスがはめられた式場で、空の中で式を挙げている気分になれるそうだ。

彼が指さしているのはガーデンプランで、私が選んだのはスカイプラン。

緑あふれる教会での挙式にも憧れなかったわけじゃない。けれど、スタイリッシュな挙式スペースで、澄み渡る空を背景に永遠の愛を誓うことにすごく惹かれた。

果てしなく広がる空の近くで誓えば、それだけでも永遠を約束されるんじゃないかって思える気がする……っていうのは少し夢見すぎ？　そんな感傷的な気持ちを打ち明けるのは気恥ずかしい。

だからそれは心の中に隠して、もう一つの、現実的な理由を口にした。

「ガーデンプランも魅力的で、本当にすごく迷ったんですけど、もし当日が雨だったら移動が大変なんじゃないかなーって。スカイプランなら同じ建物の中での移動で済みますし」

「まぁね、それは確かにそうなんだけど。――しっかし現実的だなぁ」

むぅ。現実的で何が悪い。ちゃんと自分なりのロマンチックは追求してます。

「い、一応ちゃんと理想も追いかけてますからご心配なく！」

「へぇ」

頬杖《ほおづえ》をついた和司さんが疑わしそうに私の顔を覗き込む。

「もう！　からかわないでくださいってば！」

「からかってない。雪乃の理想とやらを聞いてみたいだけ」

「内緒です！」

キッと睨《にら》んでも、和司さんはどこ吹く風で涼しい顔をしている。

いたたまれなくなった頃、ようやくスタッフさんが席に戻って来たのでほっと胸をなで下ろす。彼の追及はなかなかに厄介なので助かった。

ちらりと横目で見た和司さんは、何ごともなかったような顔でスタッフさんの説明に耳を傾けている。どこにいても、どんなときも、人目を惹きつける端整な顔にいつものように見惚《みと》れていたら、視線に気付いた彼が振り向いた。

「ほら。ぼーっとしてないで雪乃もちゃんと話聞いて」

「あ、は、はい！」

注意されて我に返った私は、慌てて顔を正面に向けた。そんなやり取りをスタッフさんに見られたかと思うと、顔から火が出るほど恥ずかしい。

「すみません……」

小さくなって謝ると、スタッフさんは人懐こい笑みを浮かべた。

「いいえ、どうぞお気になさらないでください。お見惚れになるお気持ち、わかりますわ」

茶目っ気たっぷりにそう言われて、さらに頬《ほほ》が熱くなった。

隣の和司さんは、言われ慣れているのかまったく動じない。それどころか、しれっと私の腰を抱き寄せるから、ひどく狼狽《うろた》えてしまう。

和司さんといるとドキドキさせられっぱなしだけれど、いつか慣れる日が来るんだろうか？　と私は少し遠い目をして思った。


二月はあっという間に過ぎ去って、三月がやって来た。月が変わると同時に気温も上がって、めっきり春らしくなった。

服装も厚手の防寒用コートから、薄手のものへと変わる。

去年、和司さんに買ってもらった白いコートに袖を通すたびに、「あれから一年経ったのか」としみじみ思う。

あのときの私には、まさか一年後の自分が結婚をひかえた身になっているとは思いもよらなかっただろう。

週末毎に和司さんと式場の担当者と打ち合わせをしたり、あれこれ相談して話し合ったり。少しずつ、でも着実に式へ向けての準備が進んでいく。

もっとゆっくりと進行していくものだと想像していたけど、いざとなると思っていたよりもやることが多い。あれもしなきゃこれもしなきゃとバタバタしているうちに結納が終わり、マリッジリングの注文が済み、招待状の投函《とうかん》が終わった。

朝日が降り注ぐリビングからの光で、キッチンはとても明るい。

今日も気持ちのいい一日になりそうで、それだけでも気分が楽しくなる。

グリルにいれた鮭の切り身はそろそろ焼き上がる頃合いだし、ご飯も炊き上がったし、菜の花のお浸しもちょうどいい茹で具合。春キャベツと玉ねぎと油揚げを投入した鍋に味噌を溶き入れる。

朝ごはんの支度も済んだし、そろそろ和司さんにも起きてもらわないといけない時間だ。

「和司さん、そろそろ起きてくださーい！」

キッチンから顔を出して声を張り上げた。けれど、しばらく待っても返事は返ってこないし、姿も見えない。まだぐっすり眠っているのかな。毎日仕事忙しそうだし、たまの休みくらいはゆっくり寝かせてあげたいけど、今日はホテルにある提携ショップにウエディングドレスを見に行くことになっている。そろそろ起きてもらわないと約束の時間に遅れちゃう。

「和司さん？」

そうっと寝室のドアを開けると、和司さんはまだ気持ちよさそうに眠っている。声をかけても身じろぎ一つしない。

もう一度名前を呼んでベッドに腰を下ろした。それでも起きる気配がないので、私は彼の額にかかった髪を指でそっと払った。彼の寝顔をゆっくり見る機会は実は少ない。たいてい私の方が先に眠っちゃうし、朝だって私が起きればすぐに彼も起きてしまうから。

「和司さーん、朝ですよー？」

「……んー」

「ご飯、できてますよー？」

「……ねむ……い……」

それだけ呟《つぶや》くと、またすうっと寝入ってしまった。ほんっとに珍しい。ここまで起きないのは初めてかもしれない。仕事と式の準備に忙殺されて、疲れがたまっているんだろう。

私は彼を起こさないように、静かに立ち上がって寝室を後にした。お店の方には後で遅れるって電話を入れておこう。

申し訳ないけれど、あんなに疲れている和司さんを無理矢理起こしてまで行きたくない。

かといって私が一人で行ったら、あとで彼からものすごく叱られそうだ。

「何で一人で行ったの！　叩き起こしてくれればよかったのに！」なんて怒る和司さん

の顔がありありと脳裏に浮かんで、私は一人でくすくすと笑った。

和司さんが寝てる間にもう一品ぐらい作れそうだ。冷蔵庫には何が残ってたっけ？

寝室のドアから離れようとした瞬間、ドアの向こうから「うわっ!?」と驚いたような声が聞こえてきた。どうやら起きたみたいだ。

「和司さん、おはようございま……きゃっ!?」

「やばい。寝過ぎた!!　雪乃……っと！」

私が寝室のドアを開けようとドアノブを掴んだのと、彼がドアを開けたのがほぼ同時で、私は勢いよく彼の胸に倒れ込んだ。かたい胸板に思い切り鼻をぶつけて、正直言えばかなり痛い。

「雪乃、大丈夫?」

「大丈夫、です。和司さん、おはようございます」

痛む鼻を押さえながら言ってもあんまり説得力はないかも。

「おはよう。――って、本当に大丈夫なの？」

「何ともありませんから」

痛みも治まったし全然問題ない。

「あんまりゆっくりしてられませんよ。朝ご飯にしましょう!　顔、洗って来てください」

「ん。わかった。ごめん」

寝ぐせではねた髪に、まだ眠たそうな顔。外では絶対に見せないそんな姿を見られることが嬉しい。

朝ご飯を終えて、彼の運転する車でホテルへ向かう。

何となく覚え始めたホテルまでの道のりに渋滞はなく、予定よりも早く着いた。

私にはレンタルだとか、購入だとかのこだわりがまったくなくて、どちらかというと、式の後のドレスの保管が大変そうだし、レンタルがいいかなぁと思っていたけれど、

「一生に一度の衣装なのに、ほかの誰かが着たドレスでいいの？　俺は雪乃のためだけのドレスにしたいんだけど」

と言う和司さんに甘えて、購入を考えることにした。

のんびりとしたペースで店へ向かう途中――

「雪乃。先に言っておくよ。いい？　絶対に妥協しないこと」

と和司さんにしっかり釘を刺された。

「え？」

「君のことだから、『衣装の持ち込み代がかかったら勿体《もったい》ないし、提携店で決めちゃえ』なんて考えるだろう？」

内心ぎくりとした。まさに彼がいま口にしたようなことを考えていたからだ。

「別に今日行く店で決める必要はない。まだ時間はあるんだ。理想のドレスに出会うまで妥協はなしだ。いいね？」

「は、はい……」

気圧《けお》されて返事をすると、彼は切れ長の目を細めて疑わしそうに私を見る。

「絶対、だからね？　後で妥協したってわかったら怒るよ」

「わかりました！　ぜーったい妥協しません！」

ものすごーく信用されてないらしい。けど、身に覚えがあり過ぎて言い返せない。

「よろしい。——そろそろ時間だ。行こうか」


淡いクリーム色でまとめられた店内には、たくさんのドレスが並んでいた。その数が半端じゃなくて、店内に足を踏み入れた途端、圧倒された。

純白のドレスも、カラードレスも選びきれないいんじゃないかって思うほどたくさん並んでいる。

「多すぎて目移りしそう……」

「決められなかったら、そのときはそのときだよ。それは君の眼鏡にかなうドレスがなかったってことだ。無理に決める必要はないって言ったでしょ？　気長に探せばいい」

和司さんはこともなげにそう言うと、近くにいたスタッフさんを呼んで、来意を告げた。

以前、ひとみさんのドレス選びに付き合わせてもらったことがあるから、漠然とはわかっていたものの、やっぱり自分のドレスを選ぶとなると悩んでしまう。好きなデザインと似合うデザインって違ったりするし、その上この数なんだもの。結局、何時間も費やしたのにこれといったウェディングドレスには出会えなかった。

ただ、お色直し用のカラードレスにいいなと思うものがふたつあった。一つは、新緑のように淡い緑に、濃い緑のスカートが何枚も重なってふわりと広がったクラシカルな雰囲気のドレス。もう一つは、南の島の海のような綺麗な青に白いオーガンジーの花とパールがちりばめられた、可愛いけれど少し大人びたドレス。

「じゃあお色直し、二回しようか？」

どちらも選びきれなくて、和司さんに笑われた。披露宴では招待客のみなさんとできるだけ多くお話をしたい。だからお色直しは一回にしたい。そう言うと彼は雪乃らしいねと、甘い顔で笑った。

「雪乃が決められないなら、俺の好みで決めていいかな？　緑の方が似合うよ」

「すごい。即答……」

驚いて呟《つぶや》いたら、何がおかしいのか、彼は楽しそうに笑い声を上げた。

「だって、雪乃が試着室から出てきた瞬間、これだって思ったからね。悩まないよ」

「えー！　じゃあなんでそのときに言ってくれなかったんですか！」

「俺がそんなこと言ったら、雪乃は自分の意見がどうだろうと、それに決めちゃうだろ？」

悔しいけど図星だ。

「基本的に俺は雪乃が着たいと思うドレスを着るのが一番だと思う。だから君の意見を左右してしまいそうなことは、ぎりぎりまで言いたくないの」

私を尊重してくれる彼の優しさは嬉しいんだけど、優柔不断な私にはなかなか手厳しい。

「参考までに伺いたいんですが、和司さん的にはウェディングドレス、どれがいいと思いました？」

恐る恐る聞いたら、和司さんに呆れたような目で見られた。まるで「君は今俺が言ったことをまったく聞いていなかったのか？」と言いたげだ。私は慌てて付け加えた。

「これといってピンとくるドレスがなくて。自分がそう思ってるだけで、客観的に見たら似合うドレスがあったのかもしれないって思っ……」

「ない」

「え？」

きっぱりした答えが返ってきたので、思わず聞き返した。

「残念ながら、今日試着したウェディングドレスの中に、君によく似合うものはなかった。もう少しこう……何て言ったらいいのかな。華があって、なおかつシンプルなやつがいい」

華やかでシンプルって矛盾《むじゅん》してない!?

「その条件に合うドレスを見つけるのは至難《しなん》の業《わざ》だと思いますよ?」

「いや。あるね。たとえば、ほら、ひとみさんのドレスを見に行ったとき、君と見たろう? 俺が試着したら? って言ったのに、君が頑《かた》なに拒んだやつ」

和司さんもあのドレスのこと覚えていたの!?

私もあのドレスがずっと忘れられないでいた。今日だって似たドレスがないかと探していたくらいだ。そして試着を重ねるごとに「あのドレスまだ売ってないかな」って気持ちが大きくなっていた。セミオーダーのほかにフルオーダーも受け付けているというから、こんな感じで作ってほしいと伝えれば、このお店でも作ってもらえるのかもしれないけれど。

でも私はあのときに見た、あのドレスがいい。

「我儘《わがまま》言っていいですか? もしまだあのドレスがあるなら、今度こそ試着してみたいです。本当は私もずっと心に残ってて」

「了解。喜んでお供させてもらうよ」

もしあのドレスが残っていなかったとしても、それをデザインしたデザイナーさんがいるんだから大丈夫。

「その前にその緑のドレスを押さえよう」

「はい！」

「お決まりになられました？」

絶妙のタイミングで店員さんが声をかけてくる。

「はい。こちらの緑のドレスに決めます」

「ありがとうございます。ではこれから採寸をさせていただきます。今しばらくお時間を頂戴してもよろしいでしょうか」

「お願いします」

採寸してもらって服を仕立てるなんて初めての体験だ。ちょっと緊張気味に店員さんに返事をした。

採寸の道具を持ってくるからと場を離れようとした彼女を、和司さんが呼び止める。

「それと、これに似合う小物もいくつか見繕《つくろ》ってほしい」

「かしこまりました。ただいまお持ちいたします」

店員さんは一礼して去って行き、もう一人の店員さんを呼んで何か指示を出している。

呼ばれた店員さんは何度かうなずき、店内のショーケースからいくつかのネックレスやイヤリングを選び始めている。その間にさっきの店員さんはメジャーやクリップ、針山を手に戻ってきた。

さすがにこういうものは、「これください」「はい、ではお会計いくらになりまーす」だけじゃあ終わらないんだね。よく考えたら当たり前のことだけど、なんだか感心してしまう。

結婚式の準備って日常とかけ離れたことばっかりで、調子が狂うなぁ。

なのに、和司さんのこの落ち着きようは何？

「和司さん、場馴れしてるんですね」

「ん？　いや、昔から母の買い物に付き合わされることが多くてさ。一人で買い物してもつまらないんだって。で、息子でもいないよりマシとかなんとか言って、無理矢理引っ張って行かれたんだよ」

奇妙な表情で遠い目をする。

何となく想像がついた。美恵子さんのことだから、拗《す》ねる和司さんを上手にあしらって楽しく買い物したんだろうなぁ。

店員さんの見立ててくれた装飾品の中から琥珀色のチョーカーと同じデザインのイヤリングを選び、髪飾りはドレスと共布《ともぬの》で作られたものをそのまま使うことにする。その後に採寸をして、デザインの変更点について話し合ってお店を後にした。

次にここへ来るのは仮縫いのとき。その後は本仮縫い、でき上がったドレスを試着という流れらしい。

店員さんに丁重に見送られて店を出て真っ直ぐ車へ戻り、ひとみさんのお友達が経営するブライダルサロンへ向かった。

去年の七月に一度行ったきりなのに、店長さんは私のことも和司さんのことも覚えていてくれた。一通り世間話に興じて本題に入る。

「あの、実は、ひとみさんのドレスを見に来たときに一階に飾ってあったウェディングドレスを試着してみたいんですが、まだありますか？　あの、真っ白な生地の上に、オフホワイトのレースが重なっていて……」

「少し待ってくださいね、たぶんこのカタログに載っているはずの……ああ、あった！　これではありませんか？」

目の前に差し出されたカタログを和司さんと覗き込む。

「あ！　はい、これです！　これ！」

「こちらでしたらございますよ。すぐにご用意いたしますので少々お待ちくださいませ」

にこやかな笑顔を残して、彼女が席を立つ。

しばらくして戻ってきた店長さんに試着室へ案内してもらった。

「こちらをお使いください。うしろのボタンはご自身で留めにくいと思いますので、どうぞお声掛けください。私はこちらで控えておりますので」

「はい。それではドレス、お借りします」

丁寧にドアが閉じられ、私は壁のフックに掛けられたドレスを改めて眺める。去年、いつかこんな素敵なドレスを着られたらいいのに、と憧れたドレス。それが自分の着るウェディングドレス候補として目の前にある。

あの日から今までに起こったことを思い出すと感慨深い。でも、いつまでも感傷に浸っているわけにもいかないよね。和司さんや店長さんを待たせているんだし。

「うしろのボタンをお願いできますか？」

試着室のドアをわずかに開けて、そこに控えていてくれた店長さんに声をかけた。ドアの隙間から外の様子を窺《うかが》うと、少し離れた一人掛け用の椅子に和司さんが座っている。まだ着替えの途中なので、姿を見られたくなくて慌てて試着室に顔を引っ込めた。店長さんが入って来て、背中のボタンを丁寧にかけてくれる。

「お待たせいたしました。館花様が首を長くしてお待ちですよ」

短時間ですべてのボタンを留め終わった店長さんは、上品に、でも少し悪戯《いたずら》っぽく微笑んだ。試着室のドアを開けて、外で待つ和司さんに声をかける。

「館花様、お待たせいたしました」

ドアを手で押さえる彼女に「さあ」と促されて、私は試着室を出た。今まで着た中で一番しっくりくるんだけど、和司さんは何て言うだろう？　どきどきする。

「和司さん、お待たせしました。あの、どう、ですか？」

まともに彼の顔が見られなくて、俯《うつむ》いたまま恐る恐る尋ねた。

――返事が、ない。

え？　あ、あれ？　もしかして壊滅的に似合ってない、とか？

「和司さん？」

そろーっと顔を上げたら、椅子から立ち上がった和司さんが難しい顔をして腕を組んでいる。

ああ、やっぱり似合わないのかぁ。残念だけど、このドレスは諦めて、違うものを……

「それに決めよう」

「え？」

「雪乃も気に入ってるなら迷うことないよね。店長さん、それでお願いします」

「かしこまりました。では採寸をさせていただきます。デザインや素材につきましては、また後で打ち合わせをさせていただきたいと存じます」

「よろしくお願いします」

えーと。着る本人そっちのけで話を進めないでよ！　って突っ込みを入れるかどうか迷っているうちに、私はまた採寸のために試着室へ逆戻り。

そして採寸の後は変更点の打ち合わせ。

あのドレスは気に入ってるので変更点はほとんどない。唯一お願いしたのは、レースを、オフホワイトから少し青みがかった白に変更したこと。

去年見たドレスは秋冬向けだった。それであえて温かみのあるオフホワイトのレースを使っていたんだろうけど、私が着るときは六月。空がよく見える挙式スペースを使うから、爽やかな方がいいかなと思ったのがその理由だ。

こちらのドレスも仮縫い、本仮縫い、完成品の試着の流れになるらしい。

一通り手続きを済ませたところで、タイミングが掴めなくて言い出せなかった質問をようやく口にできた。

「店長さん。去年、このドレスと一緒に飾ってあったフロックコート。あちらもまだ試着できますか？」

「え？　今日は雪乃の衣装をじっくり探す日じゃないか。俺の方はまた今度でいいじゃん」

和司さんが不本意そうな声で割り込んでくる。

「だって、すごくかっこよかったんですよ!?　絶対和司さんに似合うと思ってて」

「大丈夫ですよ、まだ当店にございます。館花様、ご試着なさいますか？」

「あるんですね。よかった！　和司さん、試着してみてください！　ちょっとでいいんです、ほんのちょっとで！」

「でもさ、雪乃。今日は雪乃のドレスを見に来ただけだし、予定外の長居をしたら迷惑なんじゃないかな」

　和司さんの言葉に、店長さんは、

「いいえ。迷惑だなんてそんなことはまったくございませんわ。今すぐご用意いたしますので、少々お待ちくださいませ」

　とにこやかに去って行った。

「ゆーきーのー？」

「いいじゃないですか。和司さんだって衣装選ばなきゃいけないんですし。絶対和司さんに似合うと思うんです」

「そんなの飾ってあったっけ？　ドレスしか記憶にないんだけど。それに別に俺の衣装にはそんなに凝る必要ないと思うんだけど。タキシードもフロックコートも、もう持ってるしさぁ」

　私のことをよく「自分に無頓着だ」って言うけど、和司さんだっておんなじだ！　そりゃあ確かに、和司さんのお家の事情を考えると、仕立てのいいフォーマルはたくさん持ってると思うけど……

「とにかく着てみてください！　あれを着た和司さんを、私が見てみたいんですっ！」

　意気込んでお願いしたら、和司さんは珍しく怯んだようにのけ反りながらうなずいた。

「わ、わかったよ。君がそこまで言うなら……」

やったー！

「お待たせいたしました。館花様、試着室へご案内させていただきますので、どうぞこちらへ」

「え、あ、ああ」

私も立ち上がって和司さんと店長さんの後に続く。案内された試着室はさっき私が使わせてもらったところ。しばらくして試着室のドアが開き、和司さんが姿を見せた。

やばい。——そんな言葉が頭の中を駆け巡る。

「よくお似合いですわ！」

ため息交じりに称賛する店長さんの声さえ遠い。

膝まであるコートは光沢のあるオフホワイト。ベストとタイは細かいゴールドブラウンのストライプ。遠くから見ると明るくて上品な茶色に見える。似合うだろうとは思っていたけれど、正直ここまで似合うとは思ってなかった！　濃い色のコートと違って引き締め効果があまり期待できない白系なのにスッキリと見えるのは、デザイナーさんの腕もさることながら、和司さんのスタイルの良さにも大いに関係がありそうだ。

「お待たせ、雪乃。白なんて着たことないから、自分ではよくわからないんだけどさ、どう？」

少し照れくさそうに笑う和司さん。黙って立ってるだけでも威力抜群なんだから、そんな風に笑わないで。心臓に悪いから！

「雪乃？　どうしたの？　何か言ってくれないとちょっと居心地悪いんだけど……」

困り顔まで完璧だ。ああ、どうしよう。思いっきり惚れ直しちゃった……

「か、格好よすぎて言葉が、出ない、です……」

「そ、そう？　面と向かって言われるとちょっと照れるな」

高鳴る胸を落ち着かせながら正直な感想を打ち明けると、彼は顔を赤らめてあらぬ方向に視線を逸《そ》らした。

「だって本当に格好いいから……複雑です」

「複雑って何が？」

「だって、こんな素敵な人が私の旦那さんなんですよ！　って自慢したい気もするし、逆にみんなに見せるのが勿体《もったい》ない気もして……どうしましょう？」

とても、とても複雑な心境です。ええ。

「どうしましょうって聞かれてもなあ。俺としては雪乃がそこまで褒《ほ》めてくれるんだから、これにしてもいいと思うんだけど、でも、もし君が嫌ならやめる」

いや、嫌じゃないんですってば。嫌じゃないけどちょっと難しいの！　どう言えばニュアンスが伝わるかな。

「雪乃？　決められないなら今日のところはやめておこう。まだ時間はあるんだからね。――しかし、こういうのもいいな」

黙り込んだ私の顔を覗き込んで、和司さんが嬉しそうに笑う。

「いつも俺ばっかり焼きもち焼いてるだろう？　だから君がそうやって悩んでくれるの、嬉しいんだけど」

「なっ！」

反論したくても、確かにこれは明らかに私の嫉妬《しっと》だから言い返せない。

「さて。じゃ、俺はそろそろ着替えてくるよ。店長さん、お騒がせしました。御手間をとらせて申し訳ない」

え！　もう脱いじゃうの!?　とは言い出せなくて、背を向ける和司さんを黙って見送った。うしろ姿も隙一つなく決まってるなんてずるい。

彼の部屋へ戻ってからも、あのフロックコートに未練たらたらだった私は、夕食を作りつつ、向かい合って食事をしつつ、さっきの和司さんの姿を脳裏に浮かべてうわの空。

勘の鋭い和司さんがそれに気付かないはずがない。

「雪乃、まださっきのこと引きずってるの？」

呆れ顔の和司さんが頬杖《ほおづえ》をつきながら苦笑いを浮かべた。

「だって……」

小さく切り分けたお肉を口の中へ放り込む。ちょっと奮発して買った和牛サーロイン。ステーキはあんまり作らないので焼き具合が心配だったけど、予定通りミディアムレアに仕上がってる。

　口の中にじわーっと広がる味と柔らかい食感に、さっきの後悔というか心残りが少し癒される。

「そんなに悩むことかなぁ」

　悩むことです。大事なことです。素直にあれを着てくださいと言えない自分が恨めしい。ああ、この微妙で複雑な乙女心――乙女というには少しとうが立ってるけど――をお察しください。

「ま、悩むのは後にしようよ。美味しいものも美味しくなっちゃうよ？」

　確かにそれもそうだ。

「そうですよね、じゃ、悩むのはまた後でにします」

　手に持ったナイフとフォークを握り直して雑念を振り払う。まずは目の前のお料理を楽しまねば！

　夕食後の洗い物と片付けは二人で。それが私たちのルールだ。二人ならあっという間に終わるし、雑談をしながらだと楽しい。

片付けが済めばあとは寝るまでゆっくりまったりする時間だ。日によってほうじ茶を飲んだり、お酒を飲んだりしながら、ゆっくりするんだけれど、今日の和司さんはどうだろう？

「和司さん、何か飲みますか？」

和司さんが拭き終えた最後のお皿を受け取って、食器棚に戻しながら尋ねた。

「お茶にしますか？　それともお酒？」

「んー。そうだなぁ。酒、かなあ？　雪乃はどうする？」

「じゃあ、これ飲みませんか？」

食器棚下段にしまっておいた瓶を取り出して、和司さんに見せた。

「それ何？　オレンジが入ってるみたいだけど……」

「オレンジのブランデースプリッツァーです！　ネットで作り方を見つけたんで試しに作ってみました」

一日漬け込めばでき上がりって聞いてたし、もうそろそろ飲んでいいはず。

「美味しそうだね。飲みたい！」

「じゃあ、これに氷を入れてください」

食器棚からグラスをふたつ出して彼に渡し、私は密閉容器のふたを開けた。途端にブランデーとオレンジのいい香りが立ちのぼる。それは少し離れた和司さんの鼻にも届いたらしい。

「いい匂いだね。はい、氷入れてきたよ。あと、何か必要なものはある？」

「トニックウォーターで割りたいので……」

「ちょっと待ってて」

彼が冷蔵庫の中を探している間に、私は氷の入ったグラスへブランデースプリッツァーをゆっくりと流し込んでいく。そこへ和司さんから受け取ったトニックウォーターを注ぐ。

「和司さん、ダイニングテーブルで飲みます？　それともソファ？」

「んー。そうだな、ソファの方でいいんじゃない？　――俺が持つよ」

「じゃあお願いします。私はおつまみを用意しますね」

お腹《なか》いっぱいでがっつりしたおつまみは入りそうにないし、これから新婚旅行について相談するから、パンフレットや旅行雑誌を見ながら気軽につまめるものがいいかな？　買い置きしてあるミックスナッツを小皿に開けると、乾いた実がカラカラと小気味のいい音を立てる。

おつまみを持ってリビングに戻ると、和司さんは携帯を操作している。仕事のメールかもしれないので、邪魔にならないように静かに彼の隣へ座る。テーブルの上の雑誌やパンフレットの中から適当な一冊を選んでパラパラとめくりながら、彼の用事が終わるのを待った。

「これでよし、っと。ごめんね」

「いいえ。もういいんですか？」

「うん。――頼んじゃった」

何を？　何の脈絡もない一言に首をひねった。

覗き込んだ和司さんの口元には面白がるような笑みが浮かんでいる。

「何を、ですか？　旅行？」

「違う違う。さっきのフロックコート。今注文しておいた。雪乃の意志を尊重するって言った手前、悪いかなと思ったんだけど、いつまでも悩むようなことじゃないだろ？」

「はやっ!?」

「怒った？」

怒るわけない。私は首を横に振った。

「怒ってなんか！　『採寸面倒だし、持ってるやつでいい』って言われるかなって思っていました」

「だってさぁ、あれ着たら、雪乃がまた焼きもち焼いてくれるかもしれないだろ？　いっつも俺ばっかり焼いてるし、たまには焼かれたいかなーと」

しれっと言い放つ彼の顔をまじまじと眺めた。

誰が嫉妬《しっと》してないって？　いつだって、どこに出かけたって、彼にまとわりつく他人の視線をうっとうしく思ったり、あえて気が付かないようにしようって心を砕いてるのに？

見苦しいところを見せたくなくて必死に隠してはいたけれど、絶対の絶対にばれてると思ってた！　というか、隠し通せてたならここで暴露するのも悔しいし、どう反応したらいいの⁉

「そ、そんなことで衣装決めていいんですか⁉」

「いいも何も。新郎なんて添え物に過ぎないんだから、それぐらい遊んだっていいじゃないか！」

あはは、と楽しげに笑う和司さんを見ていたら、力が抜けた。

「じゃあ、そういうわけで決まり。それより氷がとける前に飲まないと、ね？」

彼から渡されたグラスを受け取る。グラスの中の氷がカランと小気味のいい音を立てて、泡がどっと上がってくる。芳醇《ほうじゅん》なブランデーと甘いオレンジの香りが混じる。

口に含むと、爽やかな味と香りが口の中に広がった。

「うまいね」

「はい……」

美味しいものを食べたり飲んだりしていると、口数が少なくなる。

その代わりに流れる沈黙は、優しくて心地がいい。

ブランデースプリッツァーは、オレンジだけじゃなくてリンゴやマンゴー、パイナップル、そのほか色々な果物で作っても美味しいらしい。どれが一番美味しいか、今度試してみよう。

そんなことをのんびり考えていると、疲れた体を眠気がじわじわと侵食してくる。

「眠くなった？　今日はもう寝ようか？」

そう聞いてくる和司さんの声がもう遠い。

まだ旅行のこと、何も決めてないのに——

意志に反して、まぶたが落ちた。


かたん、と小さな音がして不意に目が覚めた。

「あ、ごめん。起こしちゃった？」

すぐそばからささやくような声が聞こえる。

「いま何時ですか？」

部屋の暗さからまだ夜なのはわかるけど、どのくらい寝ちゃったんだろう？

「そんなに時間は経ってないよ。十時半」

和司さんはベッドで寝転がりながら本を読んでいたらしい。

「ありがとうございました」

ソファで寝込んだのに、寝室に寝てるってことは彼が運んでくれたに違いない。彼は片眉を軽く上げただけで答えず、代わりに私の髪を優しくなでた。

「どうする？　もうこのまま寝ちゃう？」

「んー。スッキリしたし、起きます。明日の朝ご飯の用意もしておきたいし」

とりあえず炊飯器のセットくらいはしておきたいなぁと回らない頭で考えているうちに、視界が塞《ふさ》がれる。私の顔の両脇に手をついた和司さんが、覆《おお》いかぶさるように顔を覗き込んで来たのだ。

「それは明日じゃダメなの？」

「朝食が遅くなりますよ？」

「俺も手伝う」

最初の頃に比べれば、かなり戦力になってきた和司さんのお手伝いなら期待できる。

「じゃあお願いしようかなぁ。朝、ちゃんと起きられます？」

「たぶん。――雪乃の方が起きられないかもね」

小さく笑う彼の目が、悪戯《いたずら》っぽく、そしてどこか艶《なま》めかしく光る。

「私が起きられなかったら、明日の朝お腹《なか》空いて困るんじゃないですか？」

と脅《おど》してみても、彼はにやりと笑うだけ。

「明日の飢えを憂《うれ》うより、今の飢えを満たしたいんだけど？」

そして、熱い唇が落ちてきた。

お互いの唇を重ねて、軽くついばみ合って、次第に熱が上がっていく。寝起きの少し気だるい体に、その熱が徐々に広がっていった。

重なった唇の隙間から漏れる吐息まで、貪《むさぼ》るように深く口づけながら、彼の指は確実に私の体のあちこちに火を灯す。

その指に意識を持っていかれたり、熱く絡まってくる舌に引き戻されたりを繰り返している。

すると、いつの間にか彼の唇は移動し、私の体の至るところにキスを落とし、甘噛みする。

彼の唇で、指で、何度も何度も翻弄《ほんろう》される。あっという間に、声どころか、息を継ぐことさえままならないくらいに乱された。さらりと心地よかった肌が、お互いの汗で湿り気を帯び、吸い付くように重なる頃、切なげに眉をひそめた彼が言う。

「気持ちいい？」

知っているくせに。それをわざと口に出して羞恥《しゅうち》を煽《あお》る。こういうときの和司さんはいつもより少しだけ意地が悪い。その問いに答えられるほど息が整っていないから、代わりに「わかっているのに聞かないで」という気持ちを込めて睨《にら》み返す。彼はさらに甘く蜜のように微笑むばかりだ。

「そろそろ、いい？」

それが何を指すのか、私はもう知っている。

「和司さん、待って」

「どうかした？」

体を起こそうとした彼の肩を掴んで止めた。不思議そうに聞いてくる彼のまっすぐな視線に戸惑う。

そんな風に見つめられちゃうと言いにくいんだけど……

「あの、今日は私が……」

それ以上は恥ずかしくて言えない。だから、行動に移すことにした。

驚いて目を見開いている和司さんの腕の間で、体を起こす。

「雪……」

そして、私の名前を呼ぶ彼の唇をキスで塞《ふさ》ぐ。彼の肩に置いた手にちょっとだけ力を込めて、上からどいてくれるように促した。それできっと私のしたいことは伝わったはず。

「いいの？　無理してない？」

唇を離した途端、和司さんが困ったような、それでいてちょっと嬉しそうな、そんな複雑な顔で訊いた。無理なんて全然していないのに。大丈夫だと答えても、彼は疑って鈍ってくる。

いるのか動かない。

恥ずかしいのを我慢して勢いで切り出したことだから、念を押されちゃうと決心が鈍ってくる。

けど。けど、今日こそは。

「いつも、その……気持ちよくしてもらってばっかりだから」

彼の視線から逃げたくて泳ぎそうになる目をどうにか固定して、彼の目をじっと覗き込む。そこには泣き出しそうな顔をした自分が映っていた。

「私にできるかわからないですけど、でも……和司さんにも気持ちよくなってもらいたくて」

顔から火が出そうだけど、ちゃんと言いきれたことにほっとため息をついていると、彼の呆然とした呟《つぶや》きがこぼれた。

「ゆき、の？」

それきり何も言わずに見下ろしてくる。もしかしてはしたないって呆れられちゃったのかもしれない。

何をどう取り繕《つくろ》えばいいのかわからなくて、視線を逸《そ》らすことくらいしかできない。いたたまれなくて消えてしまいたいと思っていたら体がふわっと浮きあがった。

次の瞬間——

「きゃ!?」

悲鳴が口をつく頃にはもう、和司さんの胸の上に頭を乗せる姿勢になっていた。慌てて体を起こせば、和司さんが下から私を見上げている。

「あんまり可愛いこと言うから自制するのに苦労するよ、まったく」

苦笑いする彼の瞳は気楽な口調と裏腹に、熱を帯びてぎらぎらと光ってる。その目を見ているだけで、私の中の熱もさらに上がっていく。

「いいよ、君の好きに動いて」

少しかすれた声に誘われるように私は彼の唇にキスをした。軽く何度か重ねてから額にも口付けて、そのまま彼の肌に唇を這《は》わせる。

彼がいつも私にしてくれることと同じことをすれば、きっと気持ちよくなってもらえるに違いない。空いた手を彼の胸に滑らせながら耳を甘噛みしたり、首筋にゆっくりと舌を這わせると、そのたびに彼は息を詰めたり、ぴくりと体を動かした。

ああ、和司さんが感じてくれている。

それが嬉しくて、私は夢中で彼の体に唇を、舌を、手を這わせた。

私の稚拙《ちせつ》な愛撫《あいぶ》に、だんだんと息を荒くしていく和司さんが愛しくて眩暈《めまい》がしそう。

上下する喉《のど》が艶《なま》めかしくて、魅入られたようにそこへ口付ける。頭の上ではぁ、とため息に似た荒い息が聞こえて、さらに胸が熱くなった。

湧き上がってくる感情は今まで感じたことがないような不思議なもの。征服欲？　支配欲？

情欲にまみれ、絡み合って何が何だかわからない。ただ、もっと和司さんに感じてもらいたくて。

彼の喉《のど》に顔を埋めながら、片手を彼の下半身へ滑らせた。

「――っ!!　雪乃っ!?」

慌てたような、切羽詰まった声。

びくりと跳ねた彼の肩を、私はもう一方の手で押さえてベッドへ縫いとめる。

彼が本気を出したら私の手なんて簡単に振りほどける。でもそれをしないんだから、大丈夫。

きっと嫌がってはいない。私は彼の声を無視して、それまでただ触れているだけだった指を、固くなっているそこへ絡めた。

けど、どうすればもっと気持ちよくなるのかわからなくて、彼の形を確かめるようになぞってみた。

「く……」

彼の口から呻《うめ》き声が漏れる。それがひどく淫《みだ》らで、私の体の奥がざわりと蠢《うごめ》いた。

彼の熱を帯びた声に勇気づけられて、ゆっくりと手を上下に動かしてみた。

途端に彼は体をびくりと跳ねさせて、それから長いため息をついた。

「駄目だ、雪乃。手を……離して」

「気持ちよくない、ですか？」

情欲にまみれてかすれる彼の声に答える私の声も、欲に濡れていた。

「違うよ。よすぎて、このままじゃ――。ねぇ、君の中に入りたい。入らせてくれないか」

眉根を寄せる和司さんに逆らうことはできなくて、私はそっと彼から指を離した。

名残り惜しい気はしたけれど、私も自分の中で和司さんを感じたくて、体中が疼《うず》いていた。

準備が整ったらまた彼の上にと思って座り込んでいた私は、いきなり体を倒されて驚いた。

気が付けば、喜色を浮かべた彼が私を見下ろしている。

「あ……。和司、さん？」

「交代。雪乃に上になってもらうのもいいかなって思っていたけど、やっぱりやめた。気持ちよくしてくれたお礼に、たくさんいかせてあげるよ」

私を見下ろす瞳が捕食者のそれに変わる。彼の本気がありありと見えて、喉の奥が引きつれた。期待と怖さがごちゃごちゃに混ざって、背中に戦慄《せんりつ》が駆け抜ける。

和司さんが私の腰をぐっと引き寄せた。どうしても緊張で身を固くしてしまう私をなだめるように、額に軽くキスをする。

そうされると不思議なくらい落ち着いて、体から余計な力が抜けていった。

同時に和司さんがぐっと腰を進めた。私の中心にあるそこは、既に解されているから、難なく彼を受け止める。息苦しさと共に、満たされる心地よさも生まれる。

「相変わらずきつい、ね」

苦笑いした彼からそんな言葉が落ちてくる。私は慌てて力を抜こうとするけれど、逆にそれで快感が煽《あお》られ、さらに彼を締め付ける結果になってしまう。

呻《うめ》く和司さんにごめんなさいと謝ると、謝る必要はないと笑われてしまった。

和司さんは私の体を気遣うように、ゆっくりと動く。突かれるたび、引かれるたび、繋がった部分から卑猥《ひわい》な水音が響く。最奥を激しく突かれるのと違って、快感はじわじわと広がっていく。

自分の中が彼の楔《くさび》に絡みつくように、いやらしく蠢《うごめ》いているのさえわかってしまう。体が彼のものを貪《むさぼ》りたがっているようで、はしたなさに少し呆れるような、それでいて嬉しいような不思議な気分になった。

「っ……は……ぁ……」

切なげなため息が聞こえて、私はぎゅっと瞑《つぶ》っていた目を恐る恐る開けた。

目の前には切羽詰まったような表情の和司さんがいる。

「……んぁ……和司、さん？」

名前を呼ぶと彼は幸せそうに笑う。それが嬉しくて愛おしくて、胸が痛くなるくらい切なくなる。

「参ったな。気持ちよすぎて」

たまらない、と言いつつ、ゆっくりと引き出したそれを、勢いよく最奥まで突き立てる。体の芯が痺《しび》れるような快感に、背がのけ反った。

「ん、やっ……か、ずしさ……ああああっ！」

それを機に、優しかった動きが激しいものに変わった。

「……あ、ふ……やぁ……っん！」

叩き付けるような抽送に声が抑えられない。自分が発しているとは思えないような甘い声がひっきりなしに耳に届く。

その向こうから、肉を打つ音と、先ほどより一層高くなった水音が聞こえてくる。でも、それに羞恥《しゅうち》を感じるような理性は残っていなかった。

むしろ胸の奥を焦がすような情欲が、さらに煽られるだけ。

次々と送り込まれる快感をやり過ごすすべもなくて、私は彼に翻弄《ほんろう》された。

「あ、だめ！　もう……」

「もう、いきたい？」

淫靡《いんび》にかすれた声に私はがくがくとうなずいた。

途端に、彼の動きがさらに激しくなって、抗《あらが》えない強烈な快感が襲ってくる。

「ゃあああっ……あ……ん——!!」

耐えきれなくなった私は全身を引きつらせて上りつめた。

絶頂の余韻で体が勝手にびくり、びくりと痙攣《けいれん》するのを持て余しながら、荒い息が整うのを待つ。

かすむ目を開けると、和司さんが満足げな笑みを浮かべながら、私を見下ろしている。

ぼんやりと口を開けて、だらりと四肢を投げ出す姿は、彼の目にどんなにだらしなく映っていることだろう?

少しだけ戻ってきた理性が羞恥心《しゅうちしん》を呼び戻した。

「やだ、見ない、で」

「どうして？　今の雪乃、すっごくやらしくて、可愛い」

彼の手が伸びてきて、私の胸に触れる。指先で先端をなぞると、敏感になった体はすぐに反応する。

「ん！　あ……はぁ……」

びくびくと体が跳ねる。

「そんなに気持ちいい？　雪乃の中がひくひくいってる」

卑猥《ひわい》にささやかれて、いまだに下半身が繋がったままなことに思い至る。

私の中に埋め込まれた彼のものは全然勢いが衰えていない。

「そろそろまた動くよ、いい？」

それは質問の形をした宣言だった。ちょっと待ってと言う間も与えられず、また快楽の淵に引きずり込まれた。

「や、あああ、だめぇ！　か、ずしさ……あああっ!?」

あとはもう言葉にならなくて、ただ与えられるすべての感覚を受け止めるしかない。

何度も悲鳴に似た嬌声《きょうせい》と共に絶頂を迎え、尽きない彼の欲を受け止め、いつも通り声がかすれるまで翻弄《ほんろう》された。

翌日の朝は推して知るべし、だ。


プロポーズから挙式までの時間が短いことは初めからわかっていたし、早めに行動するようにしようと思っていたのに、やっぱり何かと上手くいかないものだ。挙式までの最後の一か月くらいは目が回る忙しさだった。

振り返ってみると、よく間に合ったものだと、苦笑いが漏れる。

「雪乃、明日は早いんだからもう寝なさいよ」

台所仕事を終えてリビングに戻ってきた母が、いつもと変わらない口調で話しかけてくる。

「はーい！　あ、もうちょっとでこれ飲み終わるから、それからでいい？」

私の手にはホットミルクがなかばまで入ったマグカップがある。緊張して眠れないんじゃないかと思って用意したものだけど、父とお喋りをしているうちにすっかり冷めてしまった。

もう一度温めなおすか、それともこのまま飲み干して寝ちゃうか、迷いどころだ。

「もう明日なのねぇ。なんだか実感が湧かないわ」

「私なんて、やっとここまでこぎつけたー！　って感じなんだけどね」

父の隣に座りながら感慨深げにため息をついた母の言葉を聞きながら、私は苦笑いを返す。

「雪乃、大丈夫か？　やり残したことや忘れてることはないか？」

「んー。たぶん大丈夫。もしあったとしても、どうにかなるよ。ならなかったら、それはそれで仕方ないしね」

やるだけやった感があるから、後は野となれ山となれの心境だ。

「お父さんもお母さんもさ、しんみりしちゃうから聞きたくないって言ってたけど、やっぱり言うね」

私は姿勢を正して真正面に座る両親を見つめた。私につられたように二人も背を伸ばす。

「お父さん、お母さん。今まで育ててくれてありがとう。月並みなことしか言えないけど、私、お父さんとお母さんの子どもでよかった。この家に生まれてよかった。和司さんと一緒に、子どもから『この家に生まれてよかった』って思ってもらえるような家を作りたいと思う。それでね、絶対幸せになるから。二人から見たら私はまだまだ頼りないかもしれないけど、見守ってもらえたら嬉しい。これからもよろしくお願いします」

「雪乃……。もう！　絶対泣いちゃうから、そういうことは言わないでって言ったのに！」

母が声を詰まらせながらそう言って下を向く。

父は、母の震える肩を抱き寄せて、なだめるように優しくぽんぽんと叩いた。

「二人で幸せになりなさい。和司君はいい青年だ。彼とならきっといい家庭を作れるよ。――僕らみたいにね」

「はい！」

大らかな父の笑顔に、元気な笑顔を返したかったのに、結局泣き笑いになっちゃった。

「じゃあ、明日は早起きしなきゃいけないし、もう寝るね？　あ。お父さんとお母さんだって朝早いんだから、早く寝なきゃダメだよ？　寝坊したら置いてっちゃうからね」

「大事な娘の結婚式だ。寝坊なんてしないよ。そういう小言は将也に言いなさい」

「確かに将也の寝坊って、ありえそうで怖いね」

もし明日の朝、起きてこなかったらどんな手を使ってでも叩き起こさなきゃね。

私は、二人におやすみなさいを言って、リビングを後にした。こうやっておやすみなさいを言うのも、慣れ親しんだ部屋で眠るのも、今夜が最後なのかなと思うと、心の奥が寂しさで痛んだ。

翌朝、すがすがしい早朝の空気の中、家族揃って式場になるホテルへ向かった。明けはじめた空は優しい水色で、朝日が雲を輝くようなオレンジ色に染めている。

梅雨《つゆ》入り前の、よく晴れた気持ちのいい一日になりそうだ。

何でこんなに早く行かなきゃならないの？　って思っていたんだけど、実際やってみたら新婦の支度ってこんなにかかるの⁉　って遠い目をしたくなるくらい長くかかった。

メイクをしてもらって、髪を結い上げて、ドレスに袖を通す。

椅子に座ったままで動けない私のために、留袖に着替え終わった母があれこれと外の様子を教えてくれる。

父と将也も控室に来てくれた。目のふちを赤くしながら「綺麗だよ」って笑いかけてくれる父に対して、将也は「馬子にも衣装」なんて小憎らしいことを言う。

しばらく家族みんなで談笑していると、スタッフさんにそろそろ時間だからと促されて弟と母が先に会場へ向かった。

父と二人きり。お互いに緊張した顔で笑い合っていると、控えめなノックの音が部屋に響いた。

「どうぞ」

スタッフの誰かだろうと思っていた私は、開いたドアから見えた和司さんの姿に硬直した。

「な、な？　和司さんっ!?　もう会場に向かったんじゃ？」

「どうしても先に君に会いたくて、我儘《わがまま》言って抜けてきた！　だって、今日はまだ一度も会えてなかったじゃないか！」

「だからって！」

和司さんは、時間までに戻れば問題ないとしれっとしている。

さらに小言を言おうとした私を、父がまあまあとなだめた。

「雪乃、あまり時間はないけれど、少し和司君と話したらどうだい？　僕は先に行ってるからね。式には遅れないように」

「うん。わかった。ごめんね」

「お義父《とう》さん、ありがとうございます。すみません」

「ああ、気にしなくていい。私にも覚えがあるからね」

懐かしむような苦笑いを残して、父がドアの向こうへ消えた。父も和司さんみたいに新婦の控室に押し掛けたの？　初耳だ！

ドアが閉まると、部屋の中には和司さんと私だけ。優しいと言うには少し強く、穏やかというよりは少し快活。

そんな不思議な眼差しをした和司さんが、私の腰にそっと腕を回して引き寄せた。

いつもよりちょっとだけ高いヒールをはいているから、普段とは違う目線の高さで向かい合う。

「おはよう、雪乃。綺麗だよ」

「お、おはようございます。和司さんこそ素敵です」

見惚《みと》れすぎて失敗しないように気をつけなくちゃ、と改めて決心しなければいけないくらい。

「やっとここまで来たね」

「でも、振り返ってみると、短かったような気もしてくるから不思議です」

そんなふうに二人で一緒に笑い合うと、幸せで胸がいっぱいになって苦しくなってくる。

「雪乃。式場で待ってる。あまり気の長い方じゃない俺が、疑ったり焦れたりしないで待つのは、生涯でただ一人、君だけだ」

涙が溢れそうになるのをぐっとこらえて、顔を上げる。

真っ直ぐに彼を見つめて、いま私ができる精一杯の笑顔を作った。

「はい！　すぐ行きますから、少し待っていてください！　私が戻る場所は和司さんの隣ですから。ずっと、そばにいさせてくださいね」

「ああ、ずっとそばにいてほしい。そして、俺も君のそばにいさせてくれ」

ドアの向こうから、急《せ》いたようなノックの音がした。きっと誰かが和司さんを呼びにきたんだろう。名残り惜しいけれど、仕方がない。指と指を一度絡めながら見つめあって、離れた。

「じゃあね、雪乃」

眩《まぶ》しい笑顔を残して和司さんが廊下へ消える。一人残された私は、椅子に座って目を瞑《つぶ》る。深呼吸を数度繰り返したところで、再びノックの音が部屋に響いた。返事をすると、今日一日、私の身の回りのことを担当してくれるスタッフさんたちが現れた。

「そろそろお時間でございます。お支度をお願いいたします」

「はい」

立ち上がって、手渡されたブーケを両手で持つ。邪魔にならないように跳ねあげていたベールを顔の前に下ろしてもらうと、支度はすべて終わり。

「では、ご案内させていただきます」

「よろしくお願いします」

背筋を伸ばし、できるだけ堂々として見えるように、顔を上げてまっすぐ前を見つめる。俯《うつむ》かない。不安がらない。絶対に狼狽《うろた》えない。心の中でそう誓って歩き出す。

澄み渡った青空が広がる式場で、私を待っていてくれる彼のもとへ戻るために。

書き下ろし番外編

# ふかふかクッションと賑やかディナー

「お先に失礼しまーす」

まだ残っている人たちへ声をかけて、私は更衣室のドアをくぐる。そして背中にかかる「お疲れさま！」の声に軽く会釈をして、ドアを閉めた。

それとほぼ同時に、バッグからいそいそと携帯を取り出した。

エレベーターを待つ間に、ロックを解除してメールアプリを立ち上げる。新着メールを受信する、そのちょっとの時間ももどかしい。

新着メールは四通。幸いなことに「来なければ良いな」と思っていた、中止のメールは入っていなかった。

「良かった！　無事決行！」

ついそんな独り言を漏らしてから、ハッとした。

エレベーターを待っていたのは私だけじゃない。もうひとり、私より少し早く更衣室を出た経理課の小橋《こはし》さんも……

恐る恐る顔を上げると、しっかり目が合った。やっぱり彼女にも私の独り言は聞こえてたみたいだ。

「ごめんなさい！　つい」

「いえいえ。独り言ってついポロっと出ちゃうよね。気にしないで」

慌てて謝る私を、彼女は笑ってフォローしてくれる。

「金曜日だもんね。彼とデート？」

「彼じゃなくて、彼のお母さんとお義姉《ねえ》さんと、三人でデートです」

と答えると、小橋さんはちょっと驚いたように目を見開いた。

「女性同士でご飯食べに行くのって楽しいですよね。朝から楽しみで、一日中そわそわしちゃいました」

そう続けた私の言葉に、彼女は目を細めてふっと微笑んだ。

「仲良いのねぇ。そういうのって珍しいんじゃない？　でも佐々木さんらしいって言えば、佐々木さんらしいかな」

「私らしい？」

おうむ返しで尋ねても、彼女はうんうんとうなずくだけ。

「さすが総務のふかふかクッション」

「え!?　それは一体どういう……」

「そのままの意味。佐々木さんが間に入ると、こじれそうな話もすんなり通るって噂じゃない？　柔らかーい緩衝役《かんしょうやく》だから、ふかふかクッション。どう？　我ながらいいネーミングでしょ！」

とおっしゃいましても！

返答に困っているうちにエレベーターは一階に着いた。ぽんっと軽快な音がして、ゆっくりと扉が開く。

「じゃーね、佐々木さん。良い週末を！」

「はい！　小橋さんも！」

手を振る彼女に会釈を返し、私もビルの外へ出た。

桜の花はもう散ったというのに、それでも日が落ちればまだまだ肌寒い。あと数か月も経てば、うだるような暑さにうんざりするなんて信じられない。

暖房の効いた社内と、日が落ちた後の屋外ではどのくらい温度差があるんだろう？

落差に体がついていかなくて、全身がぶるっと震えた。

「さむっ。早く行こ」

さっきで懲《こ》りたはずなのに、また独り言が口をついた。そのことに気が付いて、苦笑いする。

お義母《かあ》さん、ひとみさんとの待ち合わせ場所は、『リフージョ』だ。

お義母さんから「もしかしたら間に合わないかもしれない」と聞いていたので、今日は朝から「大丈夫かな？」って心配していたんだけど、メールが来なかったということは、予定が順調に進んだんだと思う。

三人で会うのは久々で、とても楽しみ！

にやけそうになる頬《ほほ》を引き締めつつ、私は通いなれた道を急いだ。


『リフージョ』のドアを開けると、まるで私の到着がわかっていたかのように、オーナーの館花俊一さんの姿があった。

「こんばんは！」

「いらっしゃいませ、雪乃さん」

今まではずっと『佐々木さん』って呼ばれていたので、ちょっと驚いた。けど、嬉しい。

「もうすぐ『佐々木さん』とは呼べなくなってしまいますからね」

そう言って、悪戯《いたずら》が成功したような楽しげな顔をする。

「迷惑でしたか？」

と聞かれて、私は首を大きく横に振った。

「そんなことないです！」

「それは良かった。馴れ馴れしいと思われたらどうしようかと、内心冷や冷やしていただんですよ」

なんて言って笑うけど、いつもどおり堂々としていて、冷や冷やしていたなんて全然感じなかった。

「雪乃さんに嫌われるようなことをしたら、和司に殴られますからね。ああ、嫌われなくて本当に良かった」

おどけてそんな風に続けるから、こらえきれず噴き出してしまった。

「嫌うなんて、ありませんから。名前で呼んでいただけて嬉しいです」

名前で呼ばれたことは、自分でも驚くぐらい嬉しかった。それはきっと親戚——従弟《いとこ》の嫁として認めてもらえた気がしたからだと思う。従弟の彼女でもなく、お店の常連でもなく、親戚の一人(正確に言えば、まだ親戚予備軍だけど)として見てもらえたことが、こんなに嬉しいなんて。

「ありがとうございます。雪乃さんはもうずいぶん前から私を名前で呼んでくださっていたのに、遅くなってしまって申し訳ありません」

俊一さんは申し訳なさそうに眉尻を下げながら、微笑を浮かべた。

「でもお店の中では今までどおりオーナーって呼ばせていただいてますけど、構いませんか?」

なんとなくだけど、お店にいる彼を名前で呼ぶのはしっくりこなくて。お店にいるとき限定で今でも『オーナー』と呼んでいる。

「ええ、もちろん」

「良かった！」

お互いの顔を見合わせて笑ったところで――

「あら、俊一君ったら。こんなところで立ち話？」

背後から、聞き覚えのある優雅な声がかかった。振り返れば、お義母《かあ》さんの姿があって、目が合うとにっこり笑いかけてくれた。相変わらず綺麗で、見惚《みと》れちゃう。

時間に余裕を持って会社を出たつもりだったんだけど、お義母さんのほうが早く着いたみたいだ。コートもバッグも持っていないから、すでに一度、席に案内されているのだろう。

「雪乃ちゃんをからかって遊んでたんじゃないでしょうね？」

なんて笑いながら聞く。

「まさか！　人聞きの悪いこと言わないでくださいよ、美恵子さん」

答える俊一さんは苦笑いだ。

「そう？」

「ええ、そうですとも。ただ楽しく雑談をしていただけです。ね、雪乃さん？」

いきなり話を振られて、こくこくとうなずく。

「それにしては雪乃ちゃんの頬《ほほ》が赤いけど？」

「え！　そんなに赤いですか？」

お義母《かあ》さんの指摘に、頬を両手で覆《おお》った。

「ええ、赤いわよぉ。本当は意地悪なこと言われたんじゃない？　俊一君って昔から人をからかって遊ぶのが好きだから、油断ならないのよ」

ニヤッと笑う彼女に対して、俊一さんはお手上げだと言うように肩をすくめた。

「参ったなぁ。人をからかって遊ぶ趣味があるのは、美恵子さんの方でしょうに」

「あら。酷いわ」

言葉と裏腹に、お義母さんは鈴が鳴るようにころころと笑った。

「なんて冗談はこの辺にして、と。そろそろ席に着きましょ。俊一君、ここはもう良いから、お料理お願いね」

「かしこまりました」

甥《おい》の顔からオーナーの顔に戻った俊一さんは、隙のない完璧な礼を残して厨房《ちゅうぼう》へと消えた。

「雪乃ちゃん、こっちよ。今日は個室を用意してもらったから、気兼ねなくいっぱいおしゃべりしましょうね！」

「はい！」

顔見知りのスタッフさんに目礼をしつつ、お義母さんの後を追った。そう言えば、個室に入るのはひとみさんの送別会以来だなぁなんて考えながら。

すでに席に着いていたひとみさんと合流すると、すぐにお料理が運ばれて来た。

色とりどりの野菜や魚介類がこぼれんばかりに載っていたり、シンプルにレバーペーストのみが載っていたりするクロスティーニ。真っ白な身と周りに添えられたルッコラやミニトマトとのコントラストが目を引く白身魚のカルパッチョ。鼻孔《びこう》をくすぐる美味しそうな匂いと、目に飛び込んでくる美味しそうな色彩に刺激されて、お腹《なか》が急に空腹を訴えてくる。

「雪乃ちゃん、ひとみさん、遠慮しないでたくさん食べてちょうだいね。お料理はまだまだ来るわよ！」

「はい！」

こんなに美味しそうなお料理を目の前にしたら、誘惑には勝てない。やせ我慢するより、遠慮なくいただきます！

女性同士の食事会って不思議なもので、お料理に夢中になりながら、同時におしゃべりもはかどるんだよね。しかもおしゃべりのほうは、デザートが出てくる頃になっても尽きる気配は全くない。

食後のお茶をいただく頃には、笑いすぎて頬《ほほ》の筋肉がちょっと疲れてきていた。

「そう言えば、雪乃ちゃんは新婚旅行どこにしたの？」

と、もののついでのようにお義母《かあ》さんに尋ねられて驚いた。

あれ？　和司さん、話してなかったのかな？

結婚式まであと二か月を切った。仕事の都合で式から新婚旅行まで二週間くらい間が空いちゃうんだけど、それでもあと三か月はない。和司さんはお仕事忙しそうだし、言いそびれちゃったのかな。

「タヒチに決めました」

「南の島でのんびり過ごすのね。イタリアも良かったけど、それも良いわね」

ひとみさんが目を細めた。

彼女の新婚旅行はイタリアで、良かったって聞いたから迷ったんだけど、ゆっくり過ごす方を優先して南の島を選んだ。

「タヒチと言えば、水上コテージね！　良いわねぇ。私も行きたいわぁ。――そうだ。隆文さんにお願いして、連れていってもらおうかしら」

と、お義母さんが遠い目をした。

「母さん！　俺たちの旅行に便乗しようとか、そういう邪《よこしま》なこと考えてないだろうね？」

途端、入り口の方から和司さんの鋭い声が飛んできた。

「あらぁ、和司。もう来ちゃったの？」

「もう来ちゃったの？　はないだろ。ちゃんと指定された時間に来てるのに」

呆れたようにため息をつく和司さんの後ろには、お義父《とう》さんとお義兄《にい》さんの姿が見えた。二人も苦笑いしている。

「本当だわ。もうこんな時間！　でも、まだ少し話し足りないのよね」

華奢《きゃしゃ》なブレスレット型の腕時計を覗き込みながら、お義母さんが残念そうに眉尻を下げた。けど、すぐに何か思いついたのか、ぱっと顔を上げて、お義父さんに向き直る。

「ねぇ、隆文さん。せっかくいらしたんだし、何か軽く召し上がる？」

「ん？　いや、会食を終えたばかりで、腹は空いてないんだが」

お義父さんが正直に答える。その途中でお義母さんの熱い視線に気づいたらしく、口をつぐんだ。そして咳払いをして先を続ける。

「あー……。そうだな、お茶でももらおうかな。ひとみさん、雪乃さん、少しだけお邪魔しても構わないかな？」

「もちろんです！」

ひとみさんと二人でうなずく。

「政義、和司。お前たちも座りなさい」

お義父さんに促されて、和司さんたちも席に着く。お義父さんはお義母さんの隣、お義兄《にい》さんはひとみさんの、和司さんは私の隣に。

落ち着いた途端、お義母《かあ》さんがお義父《とう》さんに話しかけた。

「ねぇ、隆文さん。和司と雪乃ちゃんの新婚旅行、タヒチですって」

「そうらしいね」

「私も南の島でのんびりしたいわぁ。ね、私たちもどこか旅行行きましょ？」

お義母さんの誘いに、お義父さんは腕組みをしながら「予定がなぁ」と唸《うな》る。

「たまには二人で旅行するのもいいんじゃないか、父さん」

お義母さんを援護《えんご》したのは和司さんだ。

「ただし、俺たちの旅行期間に、俺たちと同じところに行くんじゃなければ」

としっかり釘を刺していたけれど。

「ちょっと待て。父さんの予定を確認してみるから」

お義兄さんは手帳をパラパラとめくった。難しい顔でしばらく手帳とにらめっこしたあと、

「八月以降だったらなんとかなりそうだ。ただし二週間が限度だろうな」

と呟《つぶや》いて、ちらりとお義父さんへ視線を向けた。

「そうか。二週間あれば、旅行には充分かな。美恵子、どこに行こうか？」

お父さんがにっこり笑って言い、それを聞いたお義母さんはお義父さんに抱きつかん

ばかりに喜んだ。

二人の様子をながめながら、苦笑いともとれる微笑を浮かべていたお義兄さんの袖を、ひとみさんがつんつんと引っぱった。

「ねぇ、政義さん。私たちもどこか行きましょうよ。エルニド、一度は行ってみたいの！」

「俺たちも？　しかし……」

お義兄さんはますます難しい顔をした。

「お義父さんたちや、和司さんたちと時期が重ならないようにしてもダメ？」

「む……。九月に入ってからで構わないなら、何とか……」

「じゃ、決まり！　ありがとう、政義さん！」

お義兄さん夫妻の夏のバカンスも決まったみたい。九月は夏と言うにはちょっと遅いかもしれないけど。

「あら、あら、あら。みんなでバラバラに行くぐらいなら、プライベートジェットを頼んで一緒に……」

「だから、一緒は嫌だって！　母さん、新婚旅行をぶち壊すつもりか!?」

「そんな無粋《ぶすい》なことしないわよ、失礼ね」

焦った様子でお義母さんに食ってかかる和司さん。

お義父さんは二人のやりとりを眺めながら、のんびりとお茶を飲んでいる。

お義兄《にい》さんとひとみさんはすでに二人の世界に入ってて、旅行の計画についてあれこれ話し始めている。

私は賑《にぎ》やかな様子を眺めながら、この仲の良い家族に一員になれる自分の幸運をしみじみ噛みしめた。

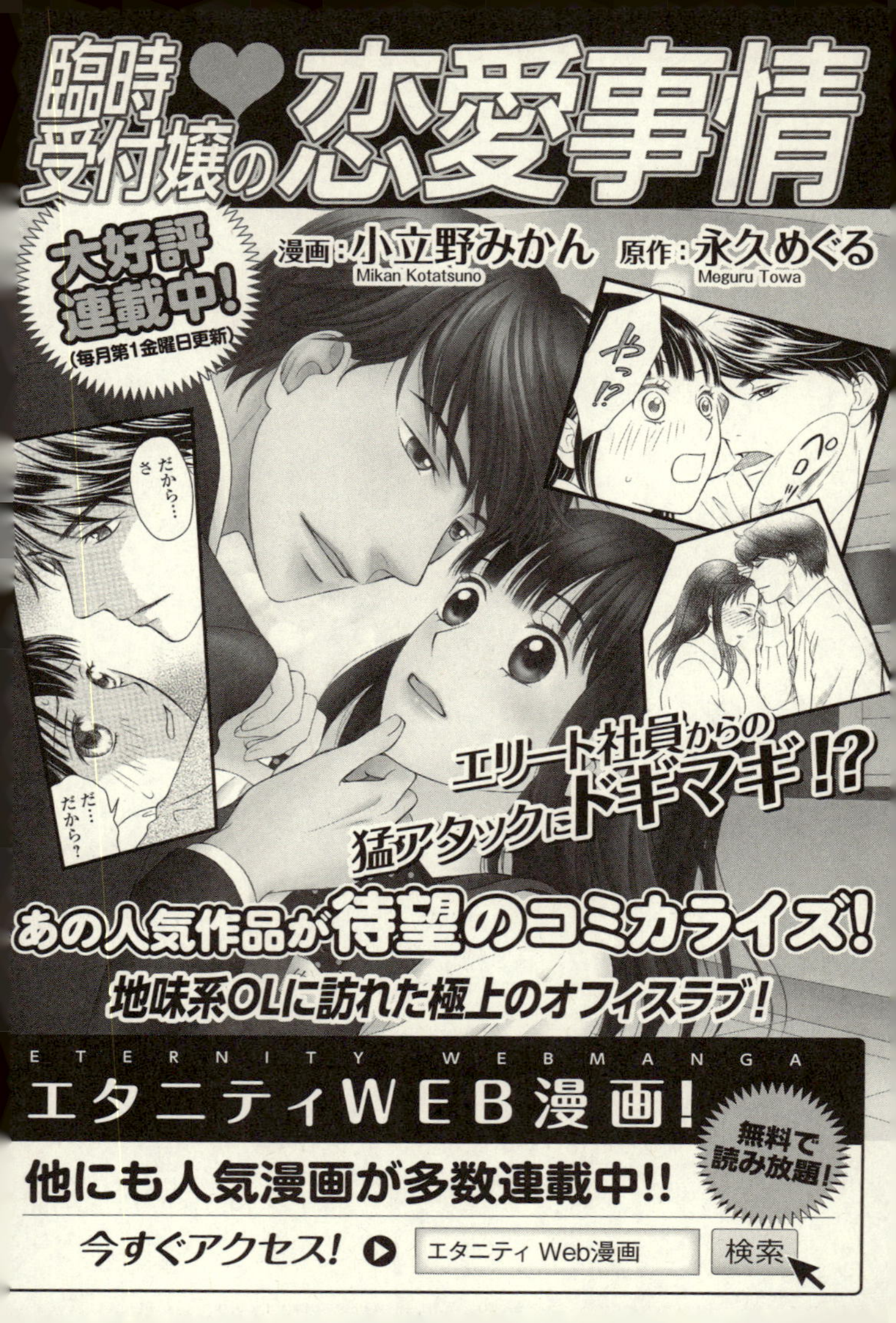
臨時受付嬢の恋愛事情
大好評連載中!
(毎月第1金曜日更新)
漫画:小立野みかん
Mikan Kotatsuno
原作:永久めぐる
Meguru Towa
やっ!?
ペロッ
だから…さ
だ…だから?
エリート社員からの猛アタックにドギマギ!?
あの人気作品が待望のコミカライズ!
地味系OLに訪れた極上のオフィスラブ!
ETERNITY WEBMANGA
エタニティWEB漫画!
無料で読み放題!
他にも人気漫画が多数連載中!!
今すぐアクセス!
エタニティ Web漫画
検索

恋愛小説「エタニティブックス」の人気作を漫画化！

# 黒豹注意報

～新米OLタンポポの受難!?～

Anzu Yuwa　Miyako Kyo

漫画＊柚和杏　原作＊京みやこ

広報課に所属し、社内報の制作を担当する
新人OLの小向日葵《こひまり》ユウカ。
彼女は、黒スーツをまとった「黒豹」のような
社長付きの秘書兼SPの竹若に
なぜか気に入られてしまう。
甘いものに目がないユウカは、
お菓子を片手に迫る彼の甘い罠にかかり……!?

B6判　定価：640円＋税　ISBN 978-4-434-20716-7

本書は、2014 年 3 月当社より単行本として刊行されたものに書き下ろしを加えて文庫化したものです。

エタニティ文庫

臨時受付嬢《りんじうけつけじょう》の恋愛事情《れんあいじじょう》2

永久《とわ》めぐる

2015年 8月 15日初版発行

文庫編集－橋本奈美子・羽藤瞳
編集長－塙綾子
発行者－梶本雄介
発行所－株式会社アルファポリス
〒150-6005 東京都渋谷区恵比寿4-20-3 恵比寿ｶﾞｰﾃﾞﾝﾌﾟﾚｲｽﾀﾜｰ5階
TEL 03-6277-1601（営業） 03-6277-1602（編集）
URL http://www.alphapolis.co.jp/
発売元－株式会社星雲社
〒112-0012東京都文京区大塚3-21-10
TEL 03-3947-1021
装丁イラスト－黒枝シア
装丁デザイン－ansyyqdesign
印刷－株式会社暁印刷

価格はカバーに表示されてあります。
落丁乱丁の場合はアルファポリスまでご連絡ください。
送料は小社負担でお取り替えします。

ISBN978-4-434-20851-5 C0193